CPSIA information can be obtained at www.ICGtesting.com
Printed in the USA
BVOW060401030512
289181BV00001B/2/P

9 781588 140890

چنگیدن آخر (یک رمان)

چنگیدن آخر

یک رمان
از
ترانه جفرودی

Ibex Publishers,
Bethesda, Maryland

چنگیدن آخر (یک رمان) از ترانه جفرودی

The Last Words
A novel by Taraneh Djafroodi

Cover art by Navid Shirzad

Copyright © 2012 Taraneh Djafroodi

ISBN 978-1-58814-089-0

Library of Congress Control Number: 2012937488

All rights reserved. No part of this book may be
reproduced or retransmitted in any manner
whatsoever, except in the form of a review,
without permission from the publisher.

Manufactured in the United States of America

The paper used in this book meets the minimum
requirements of the American National Standard
for Information Services—Permanence of Paper
for Printed Library Materials, ANSI Z39.48-1984

Ibex Publishers strives to create books which are
as complete and free of errors as possible. Please
help us with future editions by reporting any
errors or suggestions for improvement to the
address below, or corrections@ibexpub.com

Ibex Publishers, Inc.
Post Office Box 30087
Bethesda, Maryland 20824
Telephone: 301-718-8188
Facsimile: 301-907-8707
www.ibexpublishers.com

تقدیم به

شایان افشار که قلم به دستم داد تا هم پرواز کلمه اوج بگیرم و ...

آنان که شمردند مرا عاقل و هشیار
کو تا بنویسند گواهی به جنونم

سعدی

فصل‌ها

ترابیدَن ۱۱
سِتوهیدَن ۱۸
فَراموشیدَن ۳۱
فرجامانیدَن ۴۴
غُنُویدَن ۵۱
دِرَنگیدَن ۵۸
داورزیدَن ۷۲
کَراشیدَن ۸۲
پَرواسیدَن ۸۹
گمانیدَن ۹۹
نِکوهیدَن ۱۱۳
شِفتن ۱۱۹
پَرمُودَن ۱۲۹
ژَکاریدَن ۱۳۶
سوگیدَن ۱۴۲
رَهایندن ۱۵۱
خَموشیدَن ۱۶۰
پیراگندَن ۱۶۷

— ۹ —

«ترابیدَن»

«ترلان، ...» صدای ضجه‌ی مادرم است که به گوشم می‌رسد. صدای شیون مادرم و سکوت نگاهش؟ از کجا می‌تواند بفهمد؟ چطور می‌تواند این لحظه را حس کند؟

قدرت حرکت ندارم. می‌خواهم به صدای مادرم برسم. همه جا در تاریکی مطلق است. از ساعت‌ها پیش که توفان شروع شده، برق رفته است. کلید چراغ را می‌زنم، هنوز برق نداریم. در تاریکی بلند می‌شوم و بهت زده می‌ایستم ... سکوت نگاهش ... صدای ضجه....

مادر، هنوز لباس سیاهت را نپوش! من هنوز اینجا هستم. از بُعد زمانی شب و روز بگذر! از فاصله‌ی مکانی یازده هزار و هفتصد و هفتاد و هفت و نیم کیلومتری، صدای من را درغربت بشنو! اگر دربزنی، دست من دستگیره‌ی در را خواهد چرخاند. من هنوز هستم. اگر در بزنی، می‌توانم چهره‌ی چروکیده‌ی ترا لمس کنم، حس کنم، و ببوسم. مادر، صدای چکیدن باران نجاتم داد.

باران ریز رشت وقتی نم نمک می‌بارید، بوی نم بلند می‌شد. در پاییز و زمستان وقتی باران می‌بارید، همه با عجله با نان تازه‌ی زیر بغل بطرف خانه می‌شتابیدند. نان سنگک تازه وچای شیرین، بوی لبوی پخته‌ی داغ، بوی کلوچه‌ی گرم فومن، چای قند پهلوی داغ در استکان‌های کمر باریکِ لب پریده، میدان گِلی ماهی فروشان، نم گرفتگی محله‌ی سُرخ بَنده، چاله چوله‌های پر شده از برفاب کوچه‌ی چلّه خانه با دکه‌های فرسوده‌اش، قِدمت درختان خیس پارک مُحتشم و غم آلودگی رودخانه‌اش از انبوه دیده‌ها و شنیده‌های گذشته، سالخوردگی کوچه‌های باریک سنگفرش، حسِ سی و چند سال بیگانگی، صدایِ باران، بوی نم، و خاطره‌ی لُندیدن تو: «زیر باران نباید رفت.»

بوی نبودن؟ پیش از این باور داشتم که رفتن بویناک است. من بویی نمی‌شنوم. صدا است ... صدای نوزاد همسایه ... صدای بیمناک تپیدن قلب ... صدای هولناک تمام شدن.

مادر، هنوز هستم. صدای چکیدن باران از ناودان‌ها نجاتم داد.

~~~

ترلان می‌نوشت که نوشته باشد:

ایرج، کنار نرده‌های سفید هنوز انتظارت را می‌کشیدم. شوریدگی بار دریا و شرمگینی نگاه تو به هم آغشته می‌شدند ودنیای درونی و واقعیت بیرونیِ من در هم می‌پیچیدند. چرا نفهمیدی که مکان و زمان من مدت‌ها پیش رنگ و روی خودشان را از دست داده بودند؟ چرا به من نگاه نمی‌کردی؟ چرا وقتی قطره‌های باران از ناودان می‌چکیدند من را بلند کردی؟ چرا نفهمیدی که با خاطرات به جا مانده، در خود فرو رفتن، به یاد آوردن آنچه که باید به فراموشی سپرده شود، و فراموش کردن آنچه که زیبندگی بودن را پر رنگ می‌کند، تمنای من فقط از دار دنیا رفتن بود؟

~~~

اصلان، با بی‌تابی روی مبل نرم و گرم سرخ تو نشسته بودم. روز نماد عشق بود و من در انتظار تمام شدن نوازش نامه‌ی تو که برای من می‌نوشتی، بودم. از پشت نگاهت می‌کردم، انگار در این دنیا نبودی. بعد از مدتی از حالت خلسه‌ی خودت در آمدی و به دنبال سرخی مبل گشتی. سرت را روی محراب خودت گذاشتی و به صدای تپش قلبم گوش دادی و سپس نوشته‌ای را به من دادی. نوشته بودی:

«ترلان، تو را بردم به آن شهرکِ ساحلی، جایی که چند سالی می‌شد خودم نرفته بودم. می‌خواستم تنها جایی را که در این سرزمین، حسِ مأنوس و زیبایی نسبت به آن دارم با تو شریک شوم.

در راه باریکه‌ای، از میان بوته‌ها و علفزارهایِ پراکنده با گلهایِ وحشی که چشم را با رنگ‌های گوناگون به خود می‌خواند راه افتادیم تا بسویِ صخره‌های آنسویِ شهرکِ قدیمی برویم. راه چنان باریک بود که می‌باید یک نفره به دنبال هم از آن گذر می‌کردیم. تو مرا به جلو رفتن واداشتی و خودت از پشتِ سرم می‌آمدی.

راه باریکه از سویی به خلیجِ کوچکِ کناره، چشم انداز داشت وَ از سویی به ردیفِ ساختمان‌های دو طبقه‌ی چوبی هم ردیفِ خیابان اصلی که گاه از نگاه‌مان از میانِ علفزار پنهان می‌ماند.

در انتهای بلند این راه، از راه باریکه‌ی دیگری که به تصادف پیدا کرده بودیم به کنار بلندی مشرف به جایی که رودخانه پهن می‌شد و به خلیجِ کوچک می‌رسید، رسیدیم و گلدان گلِ سپید را به یادِ ایرج در جایی که تو حس کرده بودی روزی او در آنجا بوده، به یادش آنجا گذاشتیم.

پس از مسافتِ اندکی برگشتم به پشتِ سرم نگاه کردم، تو با آن اندام ظریف و کوچکِ خود لحظه‌ای از نگاهم پنهان شده بودی. لحظه‌ای دلم ریخت تا که دیدم در فاصله‌ای نه چندان دور قد راست کردی وَ دیدمت. خم شده بودی گلی بچینی. ایستادم غرقِ تو شدم که غرقِ اطرافت بودی. نزدیک‌تر شدی، نگاهی به من کردی و لبخندِ شیرینی بر لبانت نشست. چند شاخه گلِ سپید و ارغوانی در دست داشتی. در آن لحظه از زمان، تو چون تصویری در ذهنم ثبت شدی.

برگشتم به راه ادامه دادم و باز از تو فاصله گرفتم. هر چند فاصله‌ای برمی گشتم نگاهت می‌کردم. انگار می‌ترسیدم گم‌ات کنم و دیگر پیدایت نکنم. می‌ترسیدم اندام کوچکت برایِ همیشه بخشی از آن راه باریکه شود. نمی‌خواستم آن آرامش و زیبایی را از تو و گل‌ها بِدزدم. اما دورتر از نگاهِ غرقه به حسِ

زیبایی و خرامانِ تو در آن راه باریکه، یک نگاهِ نگران دیگر هم بود. نمی‌خواستم شاهینی از آسمان فرود بیاید و ترا با گلهایِ در دست به آسمان ببرد. هیچ لحظه‌ای در زندگی هم آرامِ هم نگران، درهم تنیده، چنان مرا درهم نَپیچیده بود.

تو دختر کوچکی را می‌مانستی در نقاشی‌هایِ رنگین کودکان که در میان گلزاری در صفحه‌ای برای همیشه بیاد می‌ماندی. چقدر سبک و بی‌دغدغه از گذشتِ زمان بودی. آیا بودنِ من در پیشت به تو این فراغ بالی را می‌داد؟ یا خودت بودی از کودکی خودت در شمال؟

با اینکه دلم می‌خواست در پشتت راه بیایم و به گل چیدن‌ها و قدم‌های کوچکت از پشت نگاه کنم اما همان از پیش رفتن و هر چند قدمی دزدکی به پشت نگاه کردن و به خاطر سپردنِ هر صحنه در ذهنم، کشمکشِ دیگری بود از دلهره‌ی گم شدنت در میان بوته‌ها.

من روباه یا شغالِ زیبایی بودم با آن دُمِ بُراق که نگرانِ شاهینی بود که از آسمان بیاید روباهک یا شغالکِ مرا از من بدزدد! وگر سایه‌اش در آسمان پیدا می‌شد وَ نزدیکت می‌آمد، خیز بر می‌داشتم و با تمامِ قوا به آسمان می‌پریدم تا با خشم او را اگر نتوانم به دندان بگیرم، بترسانم.

اگر از من کمی دور بودی، ولی مالِ من بودی. روباهک یا شغالکِ من بودی. چشمان من درمیانِ آن بوته و گلزار چون شاهینی تو را می‌پایید تا چون آن دخترکِ گلچینِ میانِ گلزار همان طور در تصویرِ خاطرم بمانی.

انتهایِ راه باریکه به سراشیبیِ پیچ مانند راهی خاکی می‌رسید و از آنجا به کناره‌ی خلیج و دریا. نگران ایستادم تا به من برسی. با دسته گل‌ها و قدم‌های کوچکت به من رسیدی، با همان لبخند و نگاهِ کوچکت که در نی نی چشمانت بازتاب داشت. دست دراز کردم تا با گلهای سپید و ارغوانی در دستِ چیت سُر نخوری. دستم را گرفتی و با قدم‌های محتاط خود به پایین سرازیر شدی.

کُنده‌های درخت‌ها را دریا شسته و در گوشه‌های ساحل انباشته بود. دسته گل‌ها را در سراشیبی گذاشتی یا گذاشتم، دستت را گرفتم تا از رویِ کنده‌ها به ساحلِ شِنی برسیم. تنه‌های ساییده خاطره‌ها داشتند از زمان‌هایی که درختی بودند وَ شاهینی شاید بَر بلندایی از آن‌ها لانه داشت؟ شاهینِ خیالین، دزدِ روباهک یا شغالکِ ترلان من بود؟ دیگر نبود؟!

به یاد درخت‌هایی که از رودخانه‌ی به دریا رفته و به ساحل باز آمده، می‌خواستیم کنده‌ای را با خود به یادگار به شهر ببریم؟ خاطره‌ای از شاهین و روباه و تو در آن راه باریکه که به این ساحل می‌رسید؟»

~~~

اصلان، از درختان سرخ غول‌پیکر سوزنی برگ گذشتیم، دنبال خط ساحلی را گرفتیم، از باریکه‌ی بوته‌ها و علفزارها رد شدیم و رسیدیم به بالای آن صخره. گلدان گلی را که برای ایرج گرفته بودیم وسط گل‌های وحشی گذاشتیم. می‌دانستم که پیشتر در زمانی دورتر و دورتر او آنجا بود. کنار اقیانوس، زیر نور سفید خورشید، ایرج ریزشی از رنگ‌های قرمز، نارنجی، زرد، سبز، آبی، نیلی و بنفش بود. روشنی شکسته‌ای بود که چیزی برای گفتن داشت.

جلوتر از من راه می‌رفتی. می‌خواستم با چیدن گل‌ها عقب بمانم. می‌ترسیدم قدم‌هایم را با تو بردارم. می‌ترسیدم با رسیدن به تو، از تور ابریشمین سَراب بگذرم و تو محو بشوی.

گفته بودی: «می‌خوام تو رو یک جایی ببرم.»

گفتم: «کجا؟»

گفتی: «بهت نمی‌گم کجا، ولی جایی می‌برمِت که برات خاطره انگیز باشه. هر دوی ما احتیاج داریم به طبیعت پناه ببریم. جایی می‌برمت که آب و هواش حالت رو بهتر می‌کنه.»
~~~

اصلان، تا به حال نشده بود که برای رفتن به جایی پیش قدم بشوی و از من چیزی بخواهی. نمی‌دانستم خاطره‌ی چه کسی را می‌خواستی بیدار کنی. به هر حال، به عنوان یک همسفر جامه‌دان خودم را بستم تا انباز و همباز حس مانوس تو باشم.

هرازگاهی برمی‌گشتی و از دور نگاهم می‌کردی. نگاه یک محافظ را داشتی. در آن لحظه، نگاهت مال من بود.

کاش به من گفته بودی که رفتن ما برای من و تو است. کاش من می‌دانستم. کاش در آن لحظه می‌توانستم کلام نگاهت را بخوانم.

روز به زاغ شب رسید و من و تو به هتل برگشتیم. روبروی هیزم سوز عتیقی روی میز مربع شکلی نشستیم. من و تو به خلوتی خودمان فرو رفتیم و واژه‌های ما چین و شکن خوردند و اندمیدند. و من هنوز نمی‌دانستم که بودن ما برای من و تو است.

گاه گاهی، زمان مکثی می‌کرد و بیادم می‌آورد که در دفترچه‌ی خاطرات تو اسم دیگری نوشته شده بود. باید یادم می‌ماند که گفته بودی: «... اولین و آخرین عشق تو بود.» باید یادم می‌ماند که سه روز قبل از رفتن ما به آن شهرک ساحلی، به من گفته بودی: «روزی که جفت خودم رو پیدا کنم ....» باید یادم می‌ماند چطور پاره پاره شدن وجودم را از تو پنهان کردم. باید یادم می‌ماند.

کاش وقتی با گل‌های وحشی توی دستم از میان رنگین کمان آن چمن زار می‌گذشتم، صدای قلبت را شنیده بودم که گفته بودی: «اگر از من دوری، ولی مال منی، روباهک یا شغالک منی.»

~~~

ترلان می‌نوشت که نوشته باشد:

ایرج، اندیشه‌ایی در گذر لایتناهی زمان بودی و یکپارچه با رنگ برنگ سایه‌ای یا چیزی که دیده یا شنیده نمی‌شد. وقتی با ما رها بودی و اوج می‌گرفتی، به تو گفتم که در زندگی لحظه‌هایی هست که به معجزه می‌ماند. رفتن من و اصلان به آن شهرک ساحلی و حس او برای من، آن روز معجزه‌ی من بود.

رفتم به جایی که بودی. قبل از رسیدن، تو را حس کردم. مدتی در راه با من بودی و نخواستی که تو را پیدا کنیم. تو را جایی که نباید باشی، پیدا کردیم. دست اصلان را گرفتی واز راه باریکه ایِ که بوی علف و گل‌های وحشی می‌داد به کنار بلندیِ مشرف به جایی که رودخانه پهن می‌شد و به خلیجِ کوچکی می‌رسید، بردی. خمیده، میان گل‌های ارغوانی و سفیدی نشسته بودی.

به یاد خاطره‌ای از آن روز، کنده‌ی درختی را که دریا شسته بود با خودم به یادگار برداشتم. ما برگشتیم و تو جا ماندی و یک گلدان گل سفید.

از دور نگاهت دنبال نگاه من بود. می‌خواستی بداند.

گفتم: «اصلان، ایرج از رفتن پشیمونه و می‌خواد برگرده. ایرج باید برگرده.»

گفت: «چه جوری می‌خواد برگرده؟»

وقتی گفتم، خندید و گفت: «من به معجزه اعتقاد ندارم.»

~~~
~~~

«سِتو هیدَن»

بعد از پنج ساعت رانندگی به شهرک ساحلی می‌رسم. نمی‌توانم به خانه بروم *... این جاده‌ی کوهستانی مثل همیشه خلوته چقدر دور افتادگی این جاده رو دوست دارم این کوه‌ها جفت جفت کنار همن همیشه به هم چین می‌خورن در هم پیچیده می‌شن اینجا می‌تونم گم شم ...* توان مستقیم رفتن، انتظار کشیدن پشت چهار تا چراغ قرمز، پیچیدن به چپ و بعد به راست از عهده من خارج است *... هنوز از فروشگاه دور نشدیم که این حرف رو می‌زنه هنوز بوی تن منو می‌ده چطور می‌تونه بهم بگه روزی که جفت خودش رو پیدا کنه هنوز بوی تن منو می‌ده ...*

به تو زنگ می‌زنم: «اصلان، همرام باش.» زنگ می‌زنم و زنگ می‌زنم. صدایت را از من بریده‌ای *... فکر می‌کنه من یه چیزیم می‌شه همیشه می‌گه من یه چیزیم می‌شه چرا همیشه غم و غیظی درونش رو پر می‌کنه ...* با بی‌تابی و درمانده‌گی مستقیم می‌روم. پشت چهار تا چراغ قرمز انتظار می‌کشم، می‌پیچم به چپ و بعد به راست. پشت خط عابر پیاده می‌ایستم تا رد شوند. همین جا بود. روی چهارمین خط سفید عابر پیاده بود که اولین بار تو دستم را توی دستت گرفتی. نه دستم را در دستت بافتی. همین جا بود... *چقدر دستش گرمه چقدر دوست دارم وقتی دستم رو توی دستش قفل می‌کنه چقدر دلم می‌خواد که اون جمله رو ازش بشنوم دلش رو نداره همیشه می‌گه ما در بی‌زمانی تا موقعی که هستیم هستیم رابطه ما یگانه ست ...* مستقیم می‌روم. نرسیده به هتل بزرگ شهر می‌پیچم دست چپ. می‌خواهم دور بزنم و برگردم. برنمی‌گردم. از سر بالایی راه وروی ساختمان بالا می‌روم. نمی‌توانم ماشین را خوب پارک کنم. رهایش می‌کنم. از پله‌ها بالا می‌روم، کلید دری را که زندان تعلیقی من است باز می‌کنم. چمدانم را روی زمین می‌گذارم، از اتاقی به اتاقی دیگر می‌روم، و مبهوت وسط اتاق کارم

می‌ایستم. دنبال خودم می‌گردم. دوباره به تو زنگ می‌زنم و زنگ می‌زنم. فقط صدای پیام گیر تو است و دیگر هیچ ... *چطور دلم اومد ازش خداحافظی نکنم چطور دلش اومد با گریه راه بیفتم همیشه ازم گله می‌کنه که نباید تلفنمو ببندم تلفنش بسته ست الان حالم خرابه جز خودم کسی رو ندارم اصلان پناه می‌خوام حالم خرابه تنم داره می‌لرزه قهوه‌ای رو که توش ته مونده‌های سیگار بود خوردم و نفهمیدم تمام راه خوردم و نفهمیدم همه چیزو در یه زمان از دست دادم همه چیزو حالا هم شبح‌های این شهر ولم نمی‌کنن...* ساعت شش و ربع است. چمدانم را باز نمی‌کنم، لباسم را عوض نمی‌کنم، موهایم را شانه نمی‌کنم، و چهره‌ام را آرایش نمی‌کنم. دوباره از یک اتاق به اتاقی دیگر می‌روم. همه چیز مرتب است. سماور قل قل نمی‌کند و پنجره‌ها باز هستند. وقتش رسیده است.

~~~

اصلان، بعد از یک سال انتظار، دوباره قرار بود که من را ببری به آن شهرک ساحلی که در اولین سفر ما در آنجا خاطراتی را ضبط کرده و ایرج را جا گذاشته بودیم. چهار روز با تو بودن برای من نفس تازه کردن بود. روز اول را خواستی با دوستان بگذرانی. لج کردم و هیچی نگفتم. می‌خواستم به طور طبیعی یاد من باشی. تمام روز ما در انتظار گذشت و آن‌ها نیامدند.

لندیدم: «تمام و کمال، یک روز گذشت. با مسافت دوطرفه‌ی دوازده ساعته، یک روز و نیم دیگه هم می‌گذره، فقط یک روز و نیم با تو دارم. حواستو جمع کن و ما رو فراموش نکن.»

با ناباوری نگاهم کردی و گفتی: «تو یه چیزت می‌شه.»

لج کردم و لج کردی. کتابی دستت گرفتی و خواستی تنها باشی. کتابی دستم گرفتم و به اتاقم رفتم. از دور صدایت را می‌شنیدم. مثل همیشه در حالت مستی
~~~

تا نزدیکی صبح برای سنگ‌های چیده بندی شده‌ی جلوی هیزم سوز حرف می‌زدی و چون و چرا می‌کردی.

صبح، باران پریشان دل می‌بارید. با دلتنگی از تندیدن شب قبل من و تو و از دست دادن یک روز دیگر، تصمیم گرفتیم فرصت را غنیمت بدانیم و به طرف منطقه‌ی کوهستانی کنار اقیانوس برویم. دَم با تو بودن، شتاب باران، منظره‌ی خروشیدن امواج دریا، تنش صخره‌های برافراشته با موج‌های کف کرده، و صف درخت‌های صنوبر کنار جاده همه و همه زینه بندی آخرین سفر ما با هم بودند.

از جاهای آشنایی که با هم خاطره داشتیم، گذشتیم. در یک منطقه‌ی جنگلی کنار یک جاده‌ی خاکی باریکی با تردید درنگ کردیم. کلبه‌های قهوه‌ای رنگی در دامنه کوه، در لابلای درختان خیس سرخ رنگ چشم براه چیزی یا کسی بودند. زیر بارش باران، به دنبال صدای شرشر رودخانه و بوی سوختن چوب از شیب راه باریکه‌ی خاکی به پایین سرازیر شدیم. حلقه‌های دودِ هیزم سوز از کلبه‌های کنار رودخانه دیده می‌شدند. از دور، زیر انبوه درختان خیس خورده، کلبه‌ای را دیدم و گفتم:

«اینجا منو به یاد اسالم می‌ندازه. اون جا رو حتمن باید ببینی. برای رسیدن به اون جا، باید از جاده‌های باریک کوهستانی رد شی، جنگل‌های مه گرفته و چراگاه‌ها رو رد کنی و بری بالا و بالا تا به ابرها برسی. وقتی به خونه‌ی آفتاب رسیدی همه جا یهو روشن می‌شه و چشات شروع به دیدن می‌کنه. از اون جا زیر سایه‌ی انبوه جنگل‌ها، دورنمای خونه‌های گِلی دهاتی‌ها رو می‌تونی ببینی و توده‌های سفید ابرهای گرد بزرگ که روی دریاچه‌ها شناورن. کاش الان توی اون کلبه‌ی چسبیده به رودخونه بودیم. می‌تونستیم قهوه ترک درست کنیم، برای هم کتاب بخونیم، و خاطره‌ای از خودمون رو اینجا، جا بذاریم.»

نگاهت روی من سنگین‌تر شد، مکثی کردی ولی چیزی نگفتی. با ریزش تندتر باران، شتاب زده بطرف ماشین می‌رفتیم که تو محکم دست من را گرفتی، بغلم کردی، پیشانی من را بوسیدی، و گفتی:

«ترلان، بیا امشب اون کلبه رو بگیریم و تمام اون چیزهایی رو که گفتی انجام بدیم.»

با حس نم باران و خمیدن درختان در مسیر باد، گریه‌ام گرفت و گفتم: «نه.»

دستم را محکم‌تر توی دستت گرفتی و گفتی: «همینه. همین، یک دمِ بودن من و تو. همین، بوی دود هیزم، صدای رودخونه، زوزه‌ی باد، نم بارون ... از کجا می‌دونی فردا چی پیش می‌آد؟ بیا بمونیم.»

گفتم: «اگه کلبه رو بگیریم... اگه دوباره حواست پرت بشه... اگه منو فراموش کنی چی؟ اگر دوباره تصویر ببینی چی؟»

گفتی: «چطور می‌تونم تو رو فراموش کنم؟ تصویرها هم...»

گفتم: «تو وقتی حواست پرت می‌شه، یادت می‌ره من پهلوت هستم. کتابت رو می‌گیری و شروع می‌کنی به خوندن و می‌ری به یک عالم دیگه که دستم بهت نمی‌رسه. اگر کتاب نباشه، حضورهای بی‌سایه هستن و یا تصویر خاطرات به جا مونده.»

گفتی: «قول می‌دم. الان شام می‌خوریم، بعدش می‌ریم هیزم می‌خریم، شراب می‌خریم، شمع هم می‌خریم. دیرتک آتش روشن می‌کنیم، داستانم رو برات می‌خونم، و یادگاری در این مکان و زمان به جا می‌ذاریم.»

گفتم: «قبول می‌کنم به شرط اینکه قبل از وارد شدن به کلبه، برام یه نوازش نامه بنویسی.»

گفتی: «نوازش نامه؟»

گفتم: «نامه‌ای که با پیام نو کردن، به رابطه مون سلام بگه. نامه‌ای که نوازش احساس تو رو به کلمه تبدیل کنه.»

گفتی: «تو که می‌دونی... می‌دونی دوستت دارم.»

گفتم: «جمله نباید با تو که می‌دونی شروع بشه. می‌خوام تا صبح، با چکه‌های بارون و بوی دود، مست و هوشیار باشیم.»

گفتی: «ترلان، مست وهوشیار، قول می‌دم.»

همه‌ی کلبه‌ها جز یکی پُر بودند. کلید کلبه‌ی شماره‌ی ۱۵ را گرفتیم. دو اتاق خوابه بود. هیزم خریدیم و شراب و شوربا و چند چیز دیگر.

برای شام، بطرف رستورانی که کنار شیب بستر رودخانه بود، رفتیم. از جلوی شمع‌های شادیانه گذشتیم و روی میزی در کنار پنجره ای که چشم انداز جنگل را داشت، نشستیم. ماهی با پوره سفارش دادیم و یک بطر شراب که مزه‌ی چوب سوخته می‌داد. داستانی را که برای مادرت نوشته بودی، روی میز گذاشتی. آماده‌ی شنیدن داستان بودم.

گفتی: «این جوری که نمی‌شه، بدون شراب؟»

بطری شراب را باز می‌کنی. و دو گیلاس را به اندازه‌ی مساوی می‌ریزی. گیلاس شرابت را بلند می‌کنی، می‌آوری بطرف من و می‌گویی: «به سلامتی تو نازنینه.» ... *نمی‌دونه چرا ازش می‌خوام که اولین داستانی رو که نوشته بخونه داره می‌خونه صبر می‌کنم تا به اون جمله‌ای که می‌خوام برسه می‌خونه سرش رو بلند می‌کنه نگام می‌کنه حالا می‌دونه*... گیلاس شرابم را به طرف تو می‌آورم و کمی پایین‌تر به گیلاس تو می‌زنم و می‌گویم: «به سلامتی تو.»... *فقط می‌خوام این جمله رو بخونه می‌خوام کلمه‌ی جفت رو بشنوم این داستان مال سی و چند سال پیشه چقدر به این کلمه الان حساسیت دارم*... لبخندی می‌زنی و گیلاست را پایین‌تر می‌آوری و می‌زنی به گیلاسم... *می‌گه الان هیچ حسی بهش نداره جوون بود همین جوری بین خودشون دو تا نامزد کردن*... لبخندی می‌زنم و گیلاسم را پایین تر از دفعه‌ی قبل به گیلاس تو می‌زنم... *این لحظه‌ای که دوستش داره می‌گه دوستش داره دریغ نمی‌کنه بدون اون نمی‌خواد جایی بره*

بدون اون نمی‌خواد بمونه... لبخندی می‌زنی و گیلاست را پایین‌تر به گیلاسم می‌زنی... *داره بارون می‌آد بارون شمال رو هر دو تاشون دوست دارن کلید اتاق رو می‌گیره داره درو می‌بنده نمی‌خوان تا صبح سحر از اون اطاق بیان بیرون ازش می‌خواد جفتش بشه می‌پرسه کِی جفتم می‌شی کِی کِی کِی...* گیلاسم را روی میز می‌گذارم... *به مادرش می‌گه که عاشق شده اونو دوست داره اینو می‌گه به زبون می‌آره دریغ نمی‌کنه...* گیلاست را چسبیده ولی برابر گیلاس من روی میز من می‌گذاری... *از امروز به بعد دیگه نمی‌گه بعد از اون به کس دیگه ایی نمی‌گه...* هر دو در یک زمان، گیلاس‌هایمان را بلند می‌کنیم و می‌گوییم: «به سلامتی.» ... *دیگه این جمله رو به کسی نمی‌گه...* بغلم می‌کنی و می‌گویی: «فکر نمی‌کردم این نوش گفتن یادت مونده باشه.» *...داره داستان اونو می‌نویسه می‌خواد اون بدونه که یه زمانی جفتتش بود می‌خواد یادش بمونه که دوستش داشت می‌خواد بدونه...*

گفتم: «من هم شاگرد خوبی هستم و هم حافظه‌ی خوبی دارم.»

در آن لحظه، پاییدن نگاه لرزان شمع‌ها با ما بود و واژه‌های تو که با باران پشتِ پنجره، دمساز می‌شدند.

بعد از شام از سراشیبی جاده‌ی خاکی باریکی بالا رفتیم. بالای تپه، کلبه‌ی قهوه‌ای رنگ شماره‌ی ۱۵ را کنار درخت پرتقالی با غنچه‌های سفید عطرریزان پیدا کردیم. دَم در، از کنار صندلی‌های چوبی‌ای که در نزدیکی یک هیزم سوز سنگی بودند، رد شدیم. کنار در کابین، پیچک گل‌های نرگس سفید پوش چشم به راه ما بود. سلامی گفتم و با پوزش از بانو نرگس، برای پیرایش میز، چند شاخه از گل‌هایش را چیدم.

با ورود ما، کف چوبین کلبه، با گرمی شعله‌های آتش، صدای شکستن هیزم‌ها، رقص شیرین رایحه‌ی بانو نرگس، و گریه‌ی مستانه‌ی شمع‌های سفید شکوفید. دستم را گرفتی و به میهمانی بباده نشستن مبل سرخ رنگی که روبروی هیزم سوز

بود، رفتیم. باز در بحر تفکر فرو رفتی و دو ساعت بدون هیچ کلامی گذشت. با تکیه‌ی سرم روی شانه‌ات، خوابم برد. در سکوت، شراب باز نشد، شمع خاموش بی‌قرار شد، و تب و تاب هیزم دم فرو بست. وقتی بیدار شدم، هیزمی برای سوختن نمانده بود. وقت گذشته بود.

با گریه گفتم: «تا صبح، با چکه‌های بارون و بوی دود، مست و هوشیار بودن چی شد؟»

گفتی: «در آرامش خوابت برد و دلم نیومد بیدارت کنم. احتیاج به خواب داشتی.»

گفتم: «تو فردا نه پس فردا باید برگردی. هر ثانیه و هر دقیقه برای من مُهمه. می‌تونستم یک روز دیگه بخوابم، چرا بیدارم نکردی؟»

گفتی: «در سکوت، روی شونه‌ی من به خواب ناز فرو رفتی. دلم نیومد بیدارت کنم. با تمام وجود سعی کردم که تکون نخورم، حتی با وجود کرختگی و درد شونه‌ام.»

گفتم: «ای وای! ای وای! اصلان، مست و هوشیار، قول می‌دم چی شد؟ نوازش نامه چی شد؟»

گفتی: «تو یک چیزت می‌شه.»

گفتم: «همیشه می‌گی من یک چیزیم می‌شه. بازم قولت رو شِکوندی.»

گفتی: «تو می‌دونی از کجا می‌آد. تو می‌دونی... با وجود اون تصویرها...»

گفتم: «ای وای! ای وای! بازم تصویرها؟ برای همینه که بیدارم نکردی؟»

گفتی: «تصویرها واقعی‌ان.»

گفتم: «اصلان، می‌تونی یک بار، فقط یک بار به اون تصویرها قدرت ندی؟»

گفتی: «غیرت من چی می‌شه؟ فکر می‌کنی خون در بدن ندارم... فکر می‌کنی بی‌غیرت ام... ای وای! ترلان...»

گفتم: «تو منو نگاه می‌کنی و هر چی که در گذشته‌ی من بوده، می‌بینی، حتی چیزهایی رو که اتفاق نیفتاده... چیزهایی که لااقل در این بُعد زمانی اتفاق نیفتاده... چیزهایی که شاید آثارشون تو ذهن من مونده... چیزهایی که خود من هم نمی‌دونم چی یا کی هستن.»

در این لحظه بود که با هجوم بی‌قرار واژه‌های من و تو، حرمت دیوارهای چوبین کلبه، شکسته شد. صدای تازیانه‌ی باران، بلند و بلندتر شد وقطره‌های نم از پیچک گل بانو نرگس تراویدند.

~~~

دوباره مثل بسیاری ازشب‌های دیگر، اصلان نیمه‌های شب از خواب بیدار شد. عقربک ساعت دوباره به لکنت افتاده بود، درست روی عددهای یک، یک، یک... *چند دفعه می‌تونه اتفاقی باشه همیشه یا روی دو دو دو درنگ می‌کنه یا روی یک یک یک*... غم و غیظی درونش را فرا گرفت و دوباره سهمی از تصویرها به مغزش هجوم آورد. مثل عنکبوتی که در خودش بافته می‌شود، در خودش تنید و بی‌اختیار شروع کرد به نوشتن.

با صدای زنگ تلفن، قلم در هوا آویخته شد. نگاه نکرد. می‌دانست... *ای وای ترلان برای اولین بار نه اینکه نخوام نمی‌تونم جواب بدم با اینکه دلم می‌خواد صدات رو بشنوم*... جواب نداد.

با صدای کشیده‌ی تلفن، مقاومت سکوت شب شکست. نگاه نکرد... *انگار حس می‌کنه که الان روی یک یک یکه حتمن دوباره با وحشت یه کابوس پریده*... تلفن را جواب می‌دهد.

گفت: «ترلان، چرا بیداری؟»

گفت: «از کجا می‌آد؟»

گفت: «چی از کجا می‌آد؟»
~~~

طنین گریه‌ی ترلان بلند و بلندتر شد. گفت: «توی کابوسم صداتو گم می‌کنم. یه جایی هستیم. صدام می‌کنی، سعی می‌کنم که به صدات برسم ولی گمش می‌کنم، همش گمش می‌کنم.»

گفت: «ترلان، خواب دیدی. همین الانه داری صدامو می‌شنوی. این دیگه خواب نیست. صدامو برات ضبط می‌کنم که گمش نکنی. می‌دونم قبلن از من خواسته بودی که این کارو بکنم. همیشه فکر می‌کردم که اگر بخوام یک روزی صدامو برات ضبط کنم، مثل خداحافظی می‌مونه. نمی‌دونم این احساس از کجا می‌آد؟»

گفت: «تو عملن همیشه با من خداحافظی می‌کنی. الان هم مثل همیشه یکی از اون کابوسا داشتم. نزدیک منی، همه جا شلوغه، می‌آم طرفت، بعد گم می‌شی. سایه‌های مردم به خط‌های عمودی تبدیل می‌شن. همش صدا می‌شنوم ولی نمی‌فهمم که چی می‌گن. صدای تو به گوشم نمی‌رسه. ای وای! به هیچ کس و هیچ جا نمی‌تونم اعتماد کنم. اصلان، جان پناه من کیه؟»

گفت: «آها! همین الان از ذهنم گذشت که سال‌های گذشته از سال‌های دور، کشش عجیبی به موسیقی کلاسیک داشتم. پیش تو که بودم از ذهنم گذشت که به تو بگم به موسیقی سمفونیک گوش کنی. با این روح حساس و لطیفی که تو داری، پناه بیشتری از اون می‌گیری. چطور این فصل مشترک را با تو قبلن شریک نشدم؟ به سهم من اون جوری که باید و شاید تربیت می‌شدم، حتمن بار می‌دادم. آها! دوباره از ذهنم گذشت که تو هم همین طور شدی. چرا؟»

صدای هق هق ترلان سکسکه‌ای کرد وگفت: «ای وای! تو دوباره مستی!»

...مثل همیشه تو حالت مستی با آها شروع می‌کنه حسرت گذشته رو می‌خوره خوب شد نگفت برم یه لیوان آب بخورم کی درست تربیت شده که من و اون شده باشیم من دارم از کابوسم حرف می‌زنم اون داره از موسیقی کلاسیک حرف می‌زنه فردا هم چیزی یادش نمی‌مونه...

پژواک خنده‌ی اصلان آرام گرفت. انگار شنیده بود. گفت: «دلم می‌خواست که الان پهلوی من بودی و دو لیوان، نه سه لیوان، شاید هم چهار تا لیوان شراب با من می‌خوردی و مست می‌کردی و می‌تونستی با من حرف بزنی و روحت رو عریان کنی. خوب الان کمی مستم و نمی‌دونم با خودم حرف می‌زنم یا با تو؟ با تو حرف می‌زنم یا با خودم؟»

ترلان پرسید: «دوباره تصویر دیدی؟»

اصلان دود سیگار را بدهان و گلو درکشید... *کاش تلفنو جواب نمی‌دادم کاش می‌تونستم سرمو بزنم به دیوار کاش...*

اصلان گفت: «امروز که سر کار می‌رفتم، تصویرها منو توی خودشون پیچیدن. همیشه تصویر توست با یکی دیگه. نمی‌دونم متوجه شدی یا نه که این تصاویر یک نوع گسیختگی و در عین حال یک نزدیکی‌ای مابین من و تو ایجاد کردن؟»

ترلان گفت: «من و تو هر دو می‌بینیم و چیزهایی رو حس می‌کنیم که دیگران نمی‌بینن. گسیختگی هم از طرف توست. همیشه منتظری که یه چیزی بهت بگم تا این تصویرها دست از سرت بردارن... *خودش چقدر زجر می‌کشه همش برای باورهاش برای ساختن یه ناکجاآباد بازجویش می‌کنن نمی‌تونه جوابی رو که اونا می‌خوان بهشون بده جوابی نداره بده دَه قدم به جلو می‌ره و دَه قدم به عقب تا دیوونه نشه*... اصلان، تو فکر می‌کنی، اگه چیزی برای گفتن داشتم، بهت نمی‌گفتم؟»

اصلان، سیگار خاموش شده را دوباره گیراند و گفت: «سهم بزرگی باورت می‌کنم ولی یک جاهایی دلم خالیه. کاش می‌تونستی اون قسمت دیگه‌ی واقعیت رو هم عریان باشی. امروز در راه یک چیزی برای من روشن شد. یادت می‌آد که می‌ترسیدم کلاس تابستانیمو ادامه بدهم؟»

ترلان چیزی نگفت و در سکوت گوش داد... *گریز تو از در و دیوار کلاس و راه و اینا نیست از در و دیوار وجود منه*....

اصلان ادامه داد و گفت: «کلاس نبود. نمی‌تونستم جلوتررو ببینم برای همین بود که با وحشت می‌اومدم و می‌رفتم. یادت می‌آد که یکی دو بار چه حالی به من دست داد؟ حالت مالیخولیایی داشتم. در عین رانندگی اون تصاویر می‌اومدند به ذهنم و من اونا رو پس می‌زدم. خیلی سخت بود. مسیر راه بود، نه خود دانشگاه رفتن و درس دادن. الان هم از حالت برزخی و ناهمخوانی درون خودم خسته‌ام. مثل اینکه دو واقعیت به طور متوازی حرکت می‌کنند و من کاری نمی‌تونم بکنم... *عجیبه در عین حال که دلم پیش ترلانه و احساس عاطفی عجیبی به اون دارم چیه یک چیز دیگه ای هست که این عدم توازن را می‌شکونه همیشه از خودم سوال می‌کنم که با وجود همه‌ی اون چیزهایی که حس می‌کنم و می‌بینم و تصاویری که از ذهنم گذشته و می‌گذره و سعی می‌کنم به اون القا کنم چرا یک سهمی از اون عریان نمی‌شه چرا این باید برای من مسئله باشه چرا نمی‌تونم حلش کنم دلم براش سُر می‌خوره ولی خدای من این کسی که این قدر خارج از تمام عادت‌های فرهنگی که شاید خودآگاه یا ناخودآگاه دراونه کیه به من می‌گه که من پیچیده‌ام دو سه بار تکرار می‌کنه قبلن این حرف رو نزده بود چرا حالا این حرف رو می‌زنه می‌دونه که به صورت تمثیلی روحم همیشه به سوی سادگی می‌ره ولی* چرا یه سهمی از اون عریان نمی‌شه...

~~~

ترلان می‌نوشت که نوشته باشد:

ایرج، شب همه مقدسین بود، شبی که تو هم شاید خواستی به یاد بیاوری، ارواح درگذشتگانی که زمانی بودند. جشنی برپا بود و دوستانی که همگی دور هم بودید. فراتر از زمانی که بودی، نگاهت می‌کردم. آذین بندی دور تا دور اتاقت، شمع‌های روشنی بود که می‌شنگیدند و کدوتنبل‌های توخالی‌ای که با
~~~

جلوه‌های ترسناکی می‌خندیدند. تو هم با آن لباس دلقک واری که پوشیده و صورتی که نقاشی کرده بودی، مثل همیشه می‌خندیدی.

اگر نگاهت را ندیده بودم باور می‌کردم که به کُنه حقیقتِ هستی رسیده بودی. اگر ناهمگونی نگاه و خنده‌ات را ندیده بودم، باور می‌کردم که همیشه می‌خندیدی چون از دنیا و همه چیز به فراسو رسیده بودی. صورت رنگپوش شده‌ی تو را دیدم ولی باور نکردم. صدای نارسای ضربان قلب تو بلندتر از خنده‌های ترک خورده‌ی تو بود. با اصلان در کنارت، آن شب دوباره مثل همیشه سر ریز شدی در رقص و آواز. و من با شِکن و ترنجیدگی زودرس چهره‌ات، نه چَرخش و سَماع سرشار تو را باور کردم و نه خنده‌های بلند و بلندتر به جا مانده‌ات را.

چه چیزی در روحت ریخته شده بود که ورای تو بود؟ چه چیزی توان شکیبیدن را از تو می‌گرفت؟

ایرج، وقتی به این شهر گریزانده شدم، نه کشیده شدم، اولین پدیده‌ی شکستن زمان را تجربه کردم. با بازگشت در زمان بود که انگار خاطرات نادیده انگاشته‌ی این شهر بیدار شدند و تجسم حضورها به صورت تصویرهایی در پرواز در آمدند. در این موقع بود که وجود من تعادل خودش را از دست داد و به طرفِ چیزی کشیده شد که هرگز فکرش را نمی‌کردم.

وقتی اصلان بعد از یک هفته برای اولین بار به دیدن من آمد فقط چند لحظه بعد از آمدنش بود که دیدم تنش شروع به لرزیدن کرد. در این لحظه بود که فهمیدم او هم می‌بیند و حس می‌کند.

دومین شب بود که پاهایم به خون آغشته شد. با صدای گریه‌ی من، اصلان شگفت زده از خون ریزی من، سعی کرد آرامم کند. با دست‌هایش، پاهایم را پاک می‌کرد. دست‌هایش خشک بودند. با گریه گفتم: «اصلان، الان یادم می‌آد. با نیش چاقو، رگ گردنم جوشید و خون فوران زد. حس گرمی خون... امشب...

امشب دوباره گرمی خون رو... یادم می‌آد که... هنوز اون مادر انتظار دخترش رو می‌کِشه، تنها دخترش رو. می‌دونه و باور نمی‌کنه. اگر فقط می‌تونست بره سر خاکش... شاید به رستگاری می‌رسید.»

ایرج، خاطره‌ی گرمی خون مال کی بود؟ مال من بود؟ کی بود که سرگردانی زندگیش به پایان نرسیده بود؟ کی بود که به دنبال باز یافتن آرامش بود؟ کی بود که نتوانسته بود جبر نابهنگام مرگ را به آغوش بپذیرد؟ در جستجوی حقیقت، کی بود که ابدی باقی ماند؟ مثل یک خاطره‌ی تمام نشده، کی بود که جا ماند؟ تو چرا جا ماندی؟ چرا وقتی که زلال شدی، مثل قطره‌ای که به دریا می‌پیوندد، سر ریز نکردی؟

~~~

«فَراموشیدَن»

با قرص‌های فشرده شده در دستم، به اتاق خواب می‌روم. نفس اتاق بند می‌آید و پشت خمیده‌ی پنجره می‌لرزد. انبوه لباس‌های در تعلیق من سر خم می‌کنند و رنگ می‌بازند و بغض دیوار از خاطرات به جامانده‌ی من و تو می‌شکند... *نمی‌خوام بدونه که به خاطر اون دارم یه لباس می‌خرم نگاهش رو از اون لباس قرمز برنمی‌داره چقدر دوختشو دوست دارم چقدر دلم می‌خواد که اینو بخرم برای یه شب مخصوص چقدر دلم می‌خواد که بعد از این سه سال دوباره ازم وعده‌ی ملاقات بخواد خوب مگه چی می‌شه بازی کنیم دوباره شروع کردن قشنگه و حموم رفتن و با کِش و فِش آرایش کردن و لباس پوشیدن مثل اولین باری که من و اون هیچ وقت نداشتیم خانومه داره لباسو برام می‌پیچه اصلان قول داد بازی کنیم یکی از این روزهای جمعه حتمن این لباس رو می‌پوشم اصلان قول داده*... با صدای موییدن تشک، به طرفش می‌روم. با تاب مادرانه‌ای من را در آغوش نرم خود در هم می‌کشد. بیرون پنجره، درختِ شکوفه فشان، پلک‌های غنچه‌های بنفش خود را برهم می‌گذارد و چشم‌هایش را می‌بندد. درون آشوبیِ سکوت اتاق، آرام می‌گیرد و کلمات فرومانده با شرمندگی می‌خمند.

تپش عقربه‌های ساعت با عزمی راسخ روی هفت و دو دقیقه می‌آرامد. تو کلاست باید شروع شده باشد. حتمن وسط کلاس هستی، شاید هم داری شیوه‌های روایت داستان نویسی را به شاگردانت درس می‌دهی: «داستان را چه کسی روایت می‌کند؟ چگونه؟ چرا؟» شاید مثل همیشه می‌گویی: «باید نوشت. نوشتن یک دهن کجی به جبرِ زندگی است.» شاید در همین لحظه، نگاه مجنون دخترکی مجذوب تو شده و تمنای با تو بودن را داشته باشد. شاید نگاهش را می‌بینی ولی با تدبیر و اندیشه‌ی اخلاقی خودت از او روی برمی‌گردانی، و شاید... *از دور می‌بینمش کتاب‌هاش همه رو زمین پخش شدن چه جوونه*

نزدیک می‌شم دختره یه جوری به من نگاه می‌کنه انگار مزاحمم نگاه اصلان هم همینو می‌گه از جلوشون رد می‌شم همیشه دخترا دور و برشن ولش نمی‌کنن اگه خودش نمی‌خواست یه کاری می‌کرد...

ساعت دیوارکوب با خودسری شمارش دقیقه‌ها و ثانیه‌ها را رها می‌کند. وقت رفتن است. گردنبند یاقوت مادرت در مشتم، گریه اش را در گلو می‌پیچاند. قفل در ورودی را باز می‌کنم.

اصلان، صدای تو کجا است؟ لحظه‌ی شروع نبودن من را حس می‌کنی؟ آخرین دفعه کِی بود که حضورم را در کنارت فراموش کرده بودی؟

~~~

مدتی بود که درخت‌ها از خواب زمستانی بیدار شده بودند و زندگی دوباره شکوفیده بود. با بازشدَنِ غُنچه‌ها و جَوانه‌ها بود که با سالار برای دیدن من آمدید. شاید به خاطر شکوفه‌های درخت‌های آلبالوی بهاری بود که قِدمتِ دوستی خودت و سالار را باز آغازیدی و خواستی دیداری تازه کنی و بیادش بیاوری که دوباره قلم بدست بگیرد و بنویسد. شاید برای گل‌های در حال رویش بود که سالار می‌آمد تا فراموش کند، تمام کابوس‌هایی را که سال‌ها گریبانش را گرفته بودند، کابوس‌هایی که مثل بختک نفسش را تاسانیده بودند. با قلمی بدست بود که سالار از سرزمین مادری گریزانیده شده بود. شاید به خاطر حس آشنای گرده افشانی زنبورهای بهاری در غربت بود که می‌آمد تا بنویسد. می‌آمد تا دوباره نوشتن، طلسم رهاییش باشد.

تو و سالار دویست و هفتاد و نه دهم میل را پیمودید و وقتی رسیدید حال امین را که قبل از شما رسیده بود، پرسیدی و من در بیتابی فراموش شده بودم. با وجود خستگی راه، رفتی به سراغ گل رز صورتی رنگی که مدتی پیش برای من خریده بودی. دنبالت آمدم تا شاید فرصتی پیدا کنی و حالم را بپرسی. با نوازش
~~~

دستهای خسته‌ات، از هر برگ گل دلنوازی کردی. برآشفته از من برای غفلت کردن در نگهداری رز صورتی، شروع به آب درمانی گل کردی. در زیر نقاب نزاکت، از بغض شکسته‌ام دلجویی کردم و به تصویر مهرورزی تو و گل صورتی نگاه کردم.

برای انتخاب محل شام اول نظر من و بعد نظر امین و سالار را پرسیدی. با وجود درد شدید پشتم، تا موقعی که در کنارت بودم برای من مهم نبود کجا می‌رویم. فقط یاد آوری کردم که توان پیاده روی را ندارم. تصمیم به پیاده روی گرفتی. با امین و سالار جلوتر از من راه افتادی و من به دنبال شما به راه افتادم. تمام راه گرم حرف زدن با امین بودی. با سالار در کنارم، صدایت از من دور و دورتر می‌شد. بعد از بیست دقیقه، دیگر قادر به شنیدن هیچ کلمه یا جمله‌ای نبودم. دیگر توان بودن با هیچ کس را نداشتم. در این لحظه بود که بدون پوزش خواستن، گریان به کوچه‌ی خلوتی پیچیدم و از همه جدا شدم.

در همان مسیر، چند لحظه بعد، در نزدیکی یک کلیسای قدیمی که هیچوقت ندیده بودیم حس آشنایی را کردی. نیاز داشتی من را به آنجا ببری. دنبال من برگشتی تا دستم را بگیری. می‌خواستی پلی را که اندکی دورتر، در سراشیبی، زیر شاخ و برگ‌های درختان پنهان شده بود، ببینم و یا حس کنم. چیزی را که باید پیدا می‌کردی، حس کرده بودی. دنبالم گشتی و من را پیدا نکردی. خیابان‌های اطراف را دنبال من گشتی. چندین بار به تلفنم زنگ زدی. صدایم بسته بود.

کنار اسکله‌ی قدیمی ماهیگیران، به صدای سگ ماهی‌ها گوش می‌دادم که دیدمت. با شتاب به دنبال من می‌گشتی و وقتی پیدایم کردی، خودت نبودی. دستم را محکم توی دستت فشردی و گفتی:

«ترلان، بدون حضور ذهن، جلوتر از تو راه افتادم. حالت سِحر شده داشتم. هرازگاهی برمی‌گشتم و نگات می‌کردم. داشتی با سالار حرف می‌زدی. می‌دونم پشت من بودی. پهلوی کلیسا، یک پُلی رو که حالت پوشیده و پنهانی داشت

دیدم و حس غریبی منو بطرف خودش می‌کشید. برگشتم، نبودی. هیچکس ناپدید شدن تو رو ندید. کجا رفتی؟ با کی بودی؟ کی رو رفتی ببینی؟ تو برای نیم ساعت... چطور با وجود سالار و امین تونستی؟ چطور می‌تونم سرم رو مثل کبک توی برف کنم. نازنین، بازی تمام شد. بس اندر بس است.»

هنوز صدای شب ناله‌ی سگ ماهی‌ها توی گوشم می‌پیچید. تو حرف می‌زدی و من به تو گوش می‌دادم و نمی‌دادم. گفتم:

«اصلان، وقتی دریا آشوب می‌شه، آب کوهه می‌زنه، و با شتاب به طرف ساحل می‌آد. موج‌ها به سنگ‌های در انتظار می‌خورن، آروم می‌گیرن، و دوباره کف کرده، بر می‌گردن به جایی که باید باشن. سنگ‌های خیس با سخت سری همون جا که بودن جا می‌مونن. کدوم شون اختیار انتخاب کردن رو داره؟ اراده‌ی تصمیم گیری با موج هاست یا با سنگ‌ها؟ ای وای! ای وای! با اون همه اراده‌ای که داشتم، با تو به کجا کشیده شدم؟ اصلان، من کجا بودم؟ تو چی دیدی؟»

چشم‌هایت را بستی و پک‌های عمیق سیگارت را حلقه زنان، یکی بعد از دیگری در هوا رها کردی و گفتی:

«باز مثل همیشه جواب نمی‌دی. ترلان، تو هیچ وقت نفهمیدی که من می‌بینم؟ حتا اگه نزدیک تو نباشم؟ نازنینه‌ی من، این تصویرها و... برای من مسجل‌اند. برای اینکه حرمت تو رو نگه دارم، من فقط بعضی از چیزهایی رو که از تو دیدم بهت گفتم. برای من هیچ وقت هیچ چیز سیاه و سفید نیست. تو معصومی و دست خودت نیست. فقط اگه می‌تونستی مسئولیت کارهایی رو که کردی قبول کنی... شاید...»

گفتم: «چرا از من می‌پرسی برای شام کجا بریم؟ فقط می‌پرسی که پرسیده باشی؟ اصلان، من حالم خوب نیست. دوباره چند روزه که درد دارم و تو انگار نه انگار که صدای منو می‌شنوی. به همه‌ی شما گفتم که نمی‌تونم پیاده بیام. چرا هیچ کس صدای منو نمی‌شنوه؟»

گفتی: «خوب می‌خواستی اصرار کنی. امین می‌خواست پیاده روی کنه. چی، می‌خواستی اون پیاده بره، ما با ماشین بریم؟ فکر می‌کنی کوتاه می‌اومد؟ اون جوونه، همش بیست و سه سالشه. ما بزرگتریم. تحمل ما بیشتره، نیست؟ من که همیشه امین رو نمی‌بینم، وقتی هم که می‌بینمش، دلم می‌خواد تا یه حدی به خواسته‌ی اون تن در بدم. من که خودم بچه ندارم، امین مثل پسرمه.»

گفتم: «اصلان، شما همتون توی یه شهر زندگی می‌کنین. هر دفعه بخواین، می‌تونین همدیگه رو ببینین. من نمی‌تونم، می‌تونم؟ من از همه‌ی شما دورم. هیچوقت فرصت کافی برای بودن با تو رو ندارم، دارم؟ حق تقدم من چی می‌شه؟»

گفتی: «خودت فکر کن، اگه در این مواقع کوتاه بیام و حق تقدم رو به امین بدم، مثل این می‌مونه که برای تو کرده باشم، درست نمی‌گم؟ خون خودت توی رگ‌هاشه، نیست؟ پسر خودته. از همه‌ی اینا گذشته، شاگرد من هم بود، نبود؟ من بودم که بهش یاد دادم، که بخونه و بنویسه، زبان رو، زبان مادریشو. بازم می‌گم، از همه‌ی اینا گذشته، امین خودش روح پاکی داره. صاف و ساده است. مثل جوون‌های هم سن و سال خودش نیست. منو یاد خودم می‌اندازه، وقتی که سن اون بودم. با اون معصومیتش، یکی از همین روزا بد جوری زخمی می‌شه. ای وای! چقدر دلم می‌خواست که اونو زیر بال و پر خودم می‌گرفتم و مُرشدش می‌شدم.»

گفتم: «مثل همیشه داری اول فکر یه چیز یا یه کس دیگه رو می‌کنی. بازم در این لحظه نه درد کشیدن من یادت می‌آد نه شکاف عاطفی خودت. چرا مثل همیشه در این لحظه‌هاست که درک تحلیلی همیشگی‌ات کرخت می‌شه. یه جورایی می‌خوای که باری رو از دوشت برداری؟ همونطور که خودت می‌گی، می‌تونی یک لحظه از خودت در بیای و بدون گُمانه زنی، به من گوش بدی؟ چرا در روایت داستانت، تو همیشه باید دانای کل باشی؟»

گفتی: «بازم شروع کردی؟ تو یه چیزت می‌شه. نازنینه، دنیا دور تو نمی‌چرخه.»

دیگر جوابت را ندادم و در سکوت من بود که دنیا شروع کرد به چرخیدن. با چشم‌های باز بود که به چرخش در آمدم و واژون افتادم، درست کنار بال و پَر تو که باز نبودند.

لج کردی و لج کردم و حالت دگرگون شد. با نزاع از هم بریدیم، شب همه را خراب کردیم، و به منزل برگشتیم. بدون تو، با سرآسیمگی و دلتنگی خوابیدم. صبح ساعت پنج بیدارت کردم. می‌خواستم قبل از رفتنت، تو را ببرم برای قهوه. پیشنهاد من برای سالار جالب‌تر بود و خواست که با ما بیاید. ساعت شش، سه تایی پیاده برای قهوه بیرون رفتیم. در سکوت، وقتی از وسط خیابان رد می‌شدیم، دستم را توی دستت بافتی. بدون کلامی، سُوهش دست گرم تو واقعی و باور کردنی بود. خیابان خلوت، نوازش نرم نسیم سپیده دم، تلخی بوی قهوه‌ی دم کرده‌ی تازه، و خاطره گویی از زندگی گذشته در خاک مادری، حقیقت ملموس آن لحظه بود که پاره‌ای از زندگی من باقی ماند.

بعد از قهوه، پیاده به منزل برگشتیم و باز سرد بادِ نگاهِ تو شروع به وزیدن کرد. بدون توجه به عقربک ساعت، تو و سالار شروع کردید به حرف زدن. در باره‌ی قتل‌های زنجیره‌ای حرف زدید و حذف دگراندیشان... و من پوشیده در صورتک فروتنی، گفتمان شما را می‌شنیدم و نمی‌شنیدم که ازلابلای جمله‌های شما، واژه‌ی شتابداری بیرون پرید و دستم را گرفت، دستگیره‌ی در را باز کرد ومن را به فضای بیرونی فرستاد. از پله‌ها آمدم پایین و از کوچه‌ی باریک‌تر از قوه‌ی ادراکم رد شدم. بطرف چپ پیچیدم. از کنار یاسمن‌های شکن در شکن دیوار همسایه گذشتم. عالم کوچه از بوی نم و شوری دریا آغشته بود. دوباره چپ پیچیدم. با تردید، لحظه‌ای پشتِ درایستادم. در زدم، در باز شد. بدون آرایش و صورت پف کرده، مریم تازه از خواب بیدارشده بود، با تعجب نگاهم

کرد. قطره‌های اشک من سرازیر شده بودند که گفتم: «حالمو بپرس!» بغلم کرد و رفتم تو.

در تاریکی سپیده دم اتاق، روی زمین انباشته شده از روزنامه و یادداشت‌های پراکنده، جایی پیدا کردم و نشستم. مریم با سینی چای وارد شد و روبروی من روی مبل نشست. از حس پر رنگی استکان چای تازه دم و تکه‌های درشت مربای به بود که آرام گرفتم و گفتم:

«تا بحال گریه‌ی منو ندیده بودی، دیده بودی؟ این همه سال منو می‌شناسی و تا به حال شکستن منو ندیده بودی. دیده بودی؟ این همیشه تو بودی که گریه‌هاتو برای من می‌آوردی. حالا برعکس شده.»

گفت: «با این موهای شونه نکرده، داری چی ازم می‌پرسی؟ لااقل می‌ذاشتی موهامو رنگ کنم بعد ازم می‌پرسیدی. ترلان، چند ساله که می‌شناسمت؟ چند سال پیش بود که اولین بار دیدمت؟ ده سال؟ اون موقع نمی‌خواستم که بدونی چطور خونه و زندگیمو از دست دادم. حالا می‌دونی. قیافه‌ی زار منو نمی‌دیدی و نمی‌دونستی. با سر و وضع مثلن مرتب و موهای درست کرده‌ی من نمی‌تونستی حدس بزنی. درست نمی‌گم؟ اون موقع نمی‌دونستی. تازه یه هفته بود که پسر دومم رو فارغ شده بودم. هنوز زخم‌های زایمانم خوب نشده بودن. پسرم هنوز بوی شیر می‌داد که بغلش کردم و دست پسر سه ساله‌ی خودمو گرفتم و از خونه اومدم بیرون. چاره‌ای داشتم؟ شوهر من با یه زن دیگه؟ روی تخت من؟ معجزه بود که دیوونه نشدم. نه معجزه نبود، همش برای همین دو تا بچه بود. برای اونا بود. فقط برای بچه‌هام بود که از تیمارستان سر در نیاوردم. خجالت می‌کشیدم به کسی بگم. دور و بر زیاد داشتم ولی به کسی نگفتم و مخفی کردم. با دو تا بچه، یه مدت توی یه متل زندگی کردم و هیچکس نفهمید. نمی‌خواستم کسی بفهمه. الان هم اگه به خاطر تو نبود نمی‌تونستم اینجا کار بگیرم. تو کمکم کردی. برای غربت این شهر و دوستی تو بود که می‌خواستم نزدیک تو خونه بگیرم. ولی الان

چی می‌تونم بهت بگم؟ یه جورایی تو دیگه اون ترلانی که من می‌شناختم، نیستی. می‌بخشی که اینو می‌گم. تو قبل از اصلان، یه جور دیگه‌ای بودی. همیشه می‌خواستم مثل تو باشم. چی شد؟ اون ترلان کجا رفت؟ اون ترلانی که می‌رفت توی دهن شیر و می‌اومد بیرون، چی شد؟»

گفتم: «اون ترلان دیگه تموم شد. اون ترلان، دری رو باز کرد که دیگه نمی‌تونه ببنده. اون ترلان زد به سیم آخر و ول کرد، همه چیزو ول کرد.»

گفت: «خوب همین. نمی‌خواستم بهت بگم ولی چون با این حال اومدی پیشم، باید بهت بگم. تو مثل من نرفتی توی یه متل زندگی کنی تا کسی نفهمه. تو خودتو از ریشه کندی و اومدی اینجا. برای چی؟ برای اینکه کسی نفهمه؟ درست نمی‌گم؟ قبل از اومدنت، حالت زار بود. همیشه بهترین لباس‌ها رو پوشیدی و فکر کردی کسی رنگ پریدگی تو رو نمی‌بینه؟ آره خیلی‌ها ندیدن، درست مثل من. حالا اینجا چطور می‌خوای خودتو مخفی کنی؟ نه ببخشید، دیگه کسی برات نمونده، مونده؟ اصلان تو رو یواش یواش کِشوند طرف خودش. ارتباط تو با همه قطع شده و هیچ‌کس نمی‌تونه پیدات کنه. تلفن هیچ کس رو هم جواب نمی‌دی، درست نمی‌گم؟ ترلان، این کارو با خودت نکن. از نظر مالی که به هیچ کس احتیاج نداری و کارت هم خوبه. آخه چرا؟ تو اولین زنی نیستی که...»

هنوز جمله‌ی مریم تمام نشده بود که زنجیر سوال‌ها و نصیحت‌ها با صدای زنگ در پاره شد. در باز شد. نگاهت شروع به تفتیش اتاق کرد. بیگانه‌ای در اتاق نبود. نگاهت آرام گرفت. بی‌راه نرفته بودم. از من خواستی با تو برگردم. استکان چای، نیمه تمام بر جای ماند. در سکوت، پیچیدیم به راست و از جلوی یاسمن‌ها رد می‌شدیم که بوی آشنایی به مشامم رسید. چقدر آن لحظه دلم هوای رایحه‌ی مانوس *گل محبوبه‌ی شب* من را کرده بود. شب‌ها وقتی که شکوفه‌های محبوبه‌ی شب من را آبیاری می‌کرد، نگاه مادرم همیشه رنگ غربت می‌گرفت. با حالت نگاه تو در آن لحظه، من هم به هیچ کس و هیچ کجا تعلق نداشتم.

بالش ترکمنی را که به من داده بودی، بغل کردم و نشستم روی تک مبل قرمز اتاقم. نگاهم را از تو بر نمی‌داشتم، حتی برای یک لحظه. داشتی چمدانت را می‌بستی. وقت برگشتن بود. به من نگاه نمی‌کردی. پلیورهایت را تا کردی، جوراب‌هایت را به ترتیب روی هم قرار دادی. دوباره پلیورهایت را در آوردی و دوباره تا کردی، و بعد زیپ چمدانت را بستی. کتاب‌هایت را درون کیفت گذاشتی و دوباره در آوردی و دوباره توی کیفت گذاشتی... *از در رستوران بیرون می‌آییم قلبش زوق زوق می‌کنه دستم رو می‌گیره می‌گه ترلان اگه بلایی سرم بیاد تو چی می‌شی بغضم داره می‌ترکه من هم نمی‌مونم می‌دونم اگه بمیره دست خودش نیست اگه ترکم کنه دست خودشه بعد من چی می‌شم نمی‌مونم به هر صورت نمی‌مونم امیر وقتی داشت می‌مُرد نغمه سر همه داد می‌زد و زمین و زمان رو به هم می‌زد امیر مُرد بعد از سی سال دوستی نتونستم به نغمه کمک کنم که مرگ شوهرش رو قبول کنه هنوز نغمه یه جورایی آروم نگرفته چهارشنبه‌ها برای امیر گل می‌بره باهاش حرف می‌زنه دست امیر نبود بیست سال با هم خاطره داشتن اگه دست امیر بود نمی‌مرد می‌موند اگه دست من باشه اصلان می‌مونه اگه بخواد می‌مونه*... بالش ترکمن داشت توی بغل من خفه می‌شد که گفتی: «خوب، وقت رفتنه.»

موقع خداحافظی، دم در من را بغل کردی و پیشانی من را بوسیدی و گفتی: «ترلان، در این دو سال، این اولین باری بود که هم نزدیکت بودم و هم ازت دور بودم.»

گفتم: «اصلان، بارها بهت گفتم و باور نکردی که بُعدهای زمانی ناشماری از دور، نزدیک تو بودم.»

گفتی: «ای وای! از دست تو... دیگه شروع نکن. باید بریم.»

تو و سالار راهی جاده شدید و من باز جا ماندم. زیر پیچک یاس‌ها، شاهد رفتن و نبودن تو بودم. به جای ریختن آب پشت سرت، سایه‌ی خودم را بدون

آینه و قرآن بدنبالت فرستادم تا تنها نباشی. از پله‌های آپارتمانم بالا رفتم، در هنوز باز بود. لیوان‌های کمر باریک چای و ته مانده‌ی سیگارهای تا ته کشیده، هنوز روی میز بود. اتاق بوی تو را می‌داد. توی اتاق‌ها گشتم تا شاید چیزی را جا گذاشته باشی. نقش مبهم تن تو هنوز روی تشک در انتظار توجا مانده بود. دنبالت گشتم و صدایت کردم. جایت خالی مانده بود.

«بس اندر بس است؟» من با آگاهی ایرج وارد خیمه شب بازی‌ای شده بودم که در آن توان بافتن صبر و تحمل را به هم نداشتم. خودم خواستم. خودم گذاشتم. با تو سر در گریبان کشیدم و در شکستن، نگاه ایرج برای من مفهوم پیدا کرد.

~~~

ساعت حدودِ سه صبح بود. مدتی بود که دیگر این گونه از خواب برنخواسته بود. بالش و ملافه‌اش خیس عرق شده بود. لحاف را تنگ به دور خودش پیچید. اصلان، هنوز می‌لرزید... *وقتی حالت‌های روحی وَ احساسی ترلان رو یادم می‌آد باز غیظی منو بر می‌داره نیاز من چیه فقط می‌خوام چی فقط پذیرشِ نوعی از مسئولیت رفتار و کردار فردی از طرف ترلانه که تعریبن هیچوقت از طرف اون اِعاده نمی‌شه...* مانند کلافه سردرگم، بلند شد. دنبال چیزی می‌گشت. روی تخت نشست و در تاریکی به دیوار خیره شد. دوباره بلند شد و به آشپزخانه رفت. قهوه جوش را با دو فنجان آب پر کرد... *حتا نمی‌فهمه یا قادر نیست بفهمه که می‌تونم در باز شکافی رفتارش به اون اطمینان و تکیه کنم اگر بذاره که نمی‌ذاره...* دو قاشق چای‌خوری قهوه ترک به قهوه جوش اضافه کرد و آن را هم زد... *با تمامی یِ زخم‌ها می‌تونم بِمونم...* قهوه‌جوش را روی حرارت ملایم گذاشت... *نمی‌فهمم شاید نمی‌خوام بفهمم شاید فی نفسه نمی‌تونه اون بلوغِ کِرداری یِ متوقعِ من رو داشته باشه..* قهوه شروع به جوشیدن کرد... *مسئله‌ی من هیچوقت اعترافِ اون نیست فقط می‌خوام بِبینم این بازی‌ها تا کی*
~~~

ادامه پیدا می‌کنه می‌خوام تا عمق‌اش بِفهمم و ببینم چه حالت‌های روانی و نیازهایی ترلان رو به این بازی‌ها چه خواسته و چه ناخواسته پیش می‌بره... قهوه جوش را از روی اجاق برداشت و قهوه‌ی کف کرده را در فنجان‌ها ریخت... *می‌شه بعد از اون همه کشمکش و سعی در بازگشایی و تحلیل شرایط از گذشته به حال به یک بلوغ اندیشه وَ کرداربرسه و قبولِ مسئولیت رفتار خودش رو بکنه*...

پاسی از شب گذشته بود. اصلان سیگاری گیراند و به فنجان‌های کوچک خیره شد... *صبوری و تحملِ من بیهوده ست وَ جز کاستن از روح و جسم من و خودش چیزی به بار نمی‌آره و منو به حدِ جنون می‌رسونه باز این لحن یک سویه به قاضی رفتن ترلان وَ سعی در کِتمانِ لجوجانه یِ اون همه پیش آمده‌ها*...

اصلان فنجان و نعلبکی‌اش را با قهوه‌ی ته نشین شده به طرف قلب خودش برگرداند. دوباره سیگاری گیراند و باز به قهوه‌ی دست نخورده خیره شد... *از این دیگه بسختی دل زده‌ام که این حرف‌ها رو تکرار کنم وهمه چیز رو به هر توانی می‌خوام پشتِ سر بِذرام بَس اندر بَس است*... انگشت شَست خود را به ته فنجان زد و به نقش اندازی آن نگاه کرد و گفت:

«نازنینِ جنگجویِ من! واقعن که‌گاه توانِ پُرتوانی در برگردوندن بعضی حالات داری! چند دفعه گفتم که در رابطه با تو، از دیده‌ها وَ دانسته‌هایِ خودم وَ از کسانِ دیگه، گذشتم. اگر این وجهِ شخصیتِ رفتاری رو هم وا بذرام، دیگه چیزی برام از عُلوِ طبع آزاد منشانه باقی نمی‌مونه. آنوقت، من هم سُقوط می‌کنم به سطحِ همون‌های دیگر! اگرچه تو تا به حال اصرار کردی، مافیهِ ضمیر دانسته‌های منو نسبت به خودت که نمی‌دونی در چه کمیت و کیفتیه، بدونی... این همه خودداری، همگی از احترام به حضورِ شخصیتی وَعاطفی تو وَ بعد به خودم سرچشمه گرفته وُ می‌گیره. وَ اما بَرگردوندنِ شِبه روانکاوی از خود به من در

رابطه با گذشته‌مون و اینکه شَک وُ تردید از سویِ من نسبت به تو، بَرآمده از پیش آمده‌ها وَ رفتارِ من از گذشته در رابطه با دیگران، دیگر آب در هاون کوبیدن است!»

~~~

ترلان می‌نوشت که نوشته باشد:

ایرج، اولین باری که دیدمت، مثل ستاره‌ای بودی که تمام سوختش را بسوزاند و در زمان جابجا شده باشد. در جایی که بودی، نور هم نمی‌توانست از تو فرار کند.

آن روز از جاده‌ی باریک شنی‌ای گذشتم. سایبانی از درختان پیوسته‌ی مخروطی شکلی دو طرف راه خاکی را فرا گرفته بود. از دور منظره‌ی دریا دیده می‌شد. چینه بندی شاخ وبرگ‌های معطر را رد کردم. در انتهای راه شنی، به یک دروازه‌ی سفید کوچکی رسیدم. حلقه‌های زنجیر دروازه لجوجانه ورود من را باز می‌داشت. باید می‌رفتم کنار دریا، باید شن پوش ساحل را حس می‌کردم. تو آنجا منتظر من بودی.

مدتی پشت دروازه ایستادم. بوی نم دریا، یورش امواج دریا بطرف ساحل، اشکبار شدن شن‌ها، جا گذاشتن گوش ماهی‌ها، و پوییدنِ دگربار امواج به دریا، من را برد به گذشته‌ای که مال خودم بود. تمنای پناه بردن به جایی که گوشت و پوستم به آن آمیخته بود و هست... به دریای خزر...

با فشار هر چه تمام‌تر رشته‌های به هم پیوسته‌ی قفل را شکستم. با نیم چهره‌ات متمایل به چپ، به دریا خیره شده بودی. کمی دورتر از تو روی شن‌ها نشستم. در سکوت، نگاهت کردم. نگاهم کردی. تو چیزی را می‌دانستی که من شنیده بودم ولی در آن هنگام نمی‌شناختم و تجربه نکرده بودم. شرمندگی بیان نگاهت، شروع کابوس ناخواسته من بود. با یورش قطره‌های اشک از هم پاشیده شدم. به
~~~

سختی سعی کردم بلند شوم، ولی نای بلند شدن نداشتم. سردی ناشناخته‌ای که تا مغز استخوانم را می‌سوزاند. در این لحظه بود که هوشا شدم و توهم‌های بینایی‌ام جایگزین تصاویر واضح واقعی شدند. با التماس ازت خواستم: «ایرج، نگاهت را به کلمه تبدیل کن.»

جوابی ندادی و در سکوت هنوز به دریا خیره شده بودی.

~~~

«فرجامانیدَن»

سکوت است و تاریکی اتاقم. ژاکتت را که آکنده از بوی تو است، می‌پوشم و خودم را در خود می‌پیچم. انتظار به پایان رسیده است. ساعت هفت و هفت دقیقه است. وقت خانه روشن کردن است. مشتم را باز می‌کنم. دستی که بارها و بارها در دستت بافته شده بود، شش بار پر و خالی می‌شود. در لحظه‌ی پوییدن به ناکجا، فراز و فرود دستم فقط لمحه‌ای از زمان طول می‌کشد. ناباوری... صدای تو... بوی تو... دمِ بودن... در هر آنِ نبودن... شیفتگی دوست داشتن... هماغوشی کردن... طفل بودن... دختر بودن... زن بودن... مادر بودن... برای دیگران زیستن... حفظ آبرو کردن... برای خود بودن... اعتقاد داشتن... در تعلیق بودن... خندیدن... گریستن... تنها بودن... با دیگران بودن.... در نهان بودن... همه چیز بودن و هیچ نبودن... با خود بودن و تنها با دیگران بودن... ندامت گذشته‌ها... خاطرات... به پایان رسیدن... و نفس آخر بدون تو...

در ناباوری برای لحظه‌ای پشیمان می‌شوم. مشتم خالی است. تلخ دارو با اعتماد هر چه تمام تر فرو می‌رود تا سوزش دردی را خاموش کند. می‌دانم، در ناباوری جریان گردش زوال را در درونم نمی‌توانم باژگونه کنم. دیگر تمام شد. دراز می‌کشم... *خونمو دوست ندارم از یه چیزی می‌ترسم می‌گه اگه از این جا بری شاید حضورهای بدون سایه هم برن خونه‌ی تازه رو هم دوست ندارم دلم برای منظره‌ی جنگل تنگ شده صدای سگ ماهی‌ها رو هم خوب نمی‌شنوم تب داره اسباب هامو داره جابجا می‌کنه می‌ترسم مبل سنگین باشه از راه پله‌ها بیفته چطور شهریار می‌تونه با مبل به این سنگینی رو دوشش به این راحتی بیاد از پله‌ها بالا بیچاره شهریار دفعه‌ی دومه که اصلان رو می‌بینه منو که اصلن نمی‌شناسه می‌دونه که کسی رو نداریم کمتر کسی به آدم این طور کمک می‌کنه میزم از توی در نمی‌ره تو چطور به ذهن اونا خطور نمی‌کنه که پیچ و مهره هاشو باز کنن صدای*

گریه‌ی یه نوزاد می‌آد تازه بدنیا اومده اصلان چسبیده به من منتظره ببینه جواب مثبته یا منفی بچه‌ی من و اون خیلی خوشگل می‌شه کاش می‌تونستم خوب از من گذشته نمی‌تونم ایوانچه‌ی پشت خونه رو دوست دارم منو یاد شمال می‌اندازه این اولین خونه‌ی من و اونه... صدای تپیدن ناموزون قلبم بلند و بلندتر شنیده می‌شود، زنجیروار به طرف عزم... به طرف درنگ... به طرف گزیر... به طرف ناگزیر...

بلند می‌شوم، دوباره دراز می‌کشم. دوباره بلند می‌شوم و می‌نشینم. بار دیگر پیچیده در بوی تو در انتظار خواب همیشگی، چشم‌هایم را می‌بندم... *باورم نمی‌شه این همه گل رو از کجا آورده همه جا رو پر از گل سفید و بنفش کرده شمع‌های فیروزه ای رنگ رو از کجا گرفته رنگ انگشتریه که به من داده انگشتر مادرشو همون شرابیه که اولین بار خوردیم امشب نگاش قشنگ تره چقدر خوشبختم امشب*... یک ساعت می‌گذرد. تپیدن قلبم تندتر می‌شود و بانگ زدن نبضم بلندتر.

اصلان، کاش بودی و کاش یک بار دیگر صورتم را در دست می‌گرفتی و پیشانیم را می‌بوسیدی.

~~~

وارد مَعبدِ قدیمی شدیم. در آنجا چیزی بود که می‌خواستم حس کنی. برای تو از قِدمت این محل و از برگشتن هر ساله‌ی پرستوهایی که بعد از پرواز ده هزار کیلومتری، درست اولین روز بهار در این معبد فرود می‌آیند، گفته بودم وقرار گذاشته بودیم که قبل از رفتن من به شمال به آنجا برویم.

از چهار راه شلوغ دنیای امروزین رد شدیم و وارد معبد قدیمی شدیم. طنین ناقوس ترک خورده‌ای، شروع به نواختن کرد. نگاه تو از روی سنگفرش‌های اُخرایی، گریزی زد و لنگر خودش را روی نیلوفرهای حوض ترک خورده‌ی
~~~

معبد از کف داد و روی صلیب زنگ زده‌اش فرود آمد. لحظاتی را در سکوت گذراندیم و بعد از کنار گل‌های رز محمدی و استوقودوس گذشتیم و بطرف کلیسای مخروبه‌ای رفتیم.

دیرترک، قدم زنان از تونل گل‌های کاغذی سرخابی رد شدیم و از کنار شکوفه‌های سرخ و سفید و ارغوانی گل‌های «فراموشم نکن» گذشتیم و وارد حیاط خلوتی شدیم. پشت به دیوار طاق نمایی که تکیه گاه سه ناقوس ترک خورده‌ای بود، کنار حوض شش گوشی نشستیم. صدای سَرریز شدن آب از کاسه‌ی کوچک‌تر بالایی به دومی و بعد به کاسه بزرگ پایینی، خلوتی گل‌های نیلوفر را می‌پژُولاند. پشت من روی آجرهای سرخابی حوض نشستی. یک دستت را به شانه‌ی من و دست دیگرت را به کاسه‌ی پایینی حوض تکیه دادی. از رهگذری خواستی تا از ما چند عکس بگیرد. توی عکس، قرمزی لباس من بود و خمیدگی تو و تصویر چهره‌ی محو شبحی در آب حوض که لنگر نگاهش به طرف ناقوس‌ها بود.

بعد از گرفتن عکس‌ها با هم بطرف کلیسای کوچک‌تر دیگری رفتیم. بیرون در، شمع‌های قرمزی می‌سوختند. شمعی روشن کردم. از کنار تندیس‌های دست ساز و پیرایه‌های رنگارنگ روی دیوارِ درون کلیسای کوچکی گذشتیم و در سکوت روی نیمکتی نشستیم. در آن لحظه، من به آرزویی که کرده بودم فکر می‌کردم و به شمعی که روشن شده بود.

بعد از مدت کوتاهی بطرف محوطه‌ی باز معبد رفتیم. به دعوت نسیم ملایمی که می‌وزید و گرمای آفتاب لطیفی که روی چمنِ تازه‌ی چیده شده می‌تابید، روی نیمکت سنگی مجاور درخت سالخورده‌ای نشستیم. در سکوت افکار سیال، برای اولین بار شاهد اوج گیری جوهر وجودی شدم که خارج از من بود. پرواز می‌کردی و سبک بار بودی. بطرفت آمدم و نگاهت کردم. در پاریدن تو حضور باطل شده‌ایی را دیدم که زخمی بود. دستم را روی پشتت گذاشتم که تکیه

گاهت باشم. صدایت کردم. پاره و بریده از پرواز، فهمیدی که برخاستن تو را دیدم. گفتی: «آسیبی به من وارد نمی‌شه.» و بعد با لطافت سرم را در دست گرفتی و پیشانیم را بوسیدی و با حسی ناشناخته از معبد عتیق خارج شدیم. در آن لحظه من بودم و تو و افسانه‌ای که در بدایت شروع شدن بود.

~~~

مدتی بود که می‌خواست اصلان را به آن معبد قدیمی ببرد. نمی‌دانست چرا ولی یک چیزی اصلان را هم به جایی که قبلن ندیده بود، می‌کشاند. در عین حال مثل این بود که زمانش نرسیده بود... *نمی‌دونم چیه یک ساله که با هم هستیم و نیستیم ترلان آشنای دیر یافته‌ی منه براش حسی آمیخته به عاطفه دارم ولی چطور منی که همیشه در دنیای درونی ذهن خودم هستم چطور می‌تونم اجازه بدم کسی وارد زندگی من بشه منی که هر لحظه رو باید بلدزدم و بنویسم بدون فکر کردن و کاوش در افکار و احساساتم از اندرون می‌پوکم با دیگری چطور می‌تونم بنویسم تولید کنم تحمل سادگی فکر دیگران و مسائل پیش پا افتاده‌ی اونا رو هم ندارم نمی‌دونم چه اتفاقی داره می‌افته فقط می‌دونم امشب صدای بلند شکستن دیوار شیشه‌ای خودم رو دارم می‌شنوم چطور نمی‌دونم...*

در فضای بیرونی رستوران نشسته بودند. با وجود شعله‌ی گرم بخاری کنار میزشان که نرمک نرمک می‌سوخت، ترلان شال قرمزش را تنگ به دور خودش پیچیده بود. روبروی اصلان نشسته بود و سعی می‌کرد که به بخار گرم ماهی و سیب زمینی سرخ کرده‌ی میز پهلویی نگاه نکند... *امشب خونه بوی برنج سوخته می‌ده عین خودم بازم اصلان داره لی لی به لالای نازیدن اون دخترا می‌ذاره بخار سوختگی همه جا رو گرفته می‌ذارم بسوزه می‌ذارم بوش بلند شه...*

صدای گفت و شنود بلند دیگران از سوی میزهایی که تنگاتنگ هم قرار گرفته بودند، شنیده می‌شد:
~~~

- «باورت نمی‌شه، حراجی خیلی خوبی بود. یه تی شرت خریدم نصف قیمت، فقط هشتصد دلار بود. باور می‌کنی؟»

- «توی یه مهمونی دیدمش. وضع مالیش خیلی خوبه ولی قبلن دو بار ازدواج کرده... شاید یه چیزیش می‌شه...»

اصلان چشم‌هایش را بر هم گذاشت. منتظر یک لحظه‌ی مناسب بود... *چقدر همه درگیر خودشونن چرا نمی‌تونن از خودشون در بیان و ببینن که اطرافشون چی می‌گذره چقدر می‌شه تحمل سادگی فکر این آدما رو کرد...*

نگاه ترلان روی اصلان سنگینی می‌کرد که او سرش را بلند کرد و گفت: «ترلان، حس عذاب وجدان دارم. کتاب‌هایی رو که برای من خریدی، خیلی گرون بودن. در عین حال، باید بگم که حالتت با من درست نبود. بعد از خریدن کتاب‌ها من نفهمیدم که چرا سرم داد زدی و بعد منو با عصبانیت رسوندی خونه و رفتی... *همیشه بحث و درگیری میون اوناست همیشه باید شاهد دعوای پدر و مادر باشم همیشه باید فرار کنم طاقت حرف‌های اونا رو ندارم چرا هیچوقت گریه‌ی مادر رو نمی‌شنوم چرا دعواها تمامی ندارند*... ترلان، کنش تو رفتار مناسبی نبود، نه برای تو و نه برای من.»

ترلان، لبخند محوی زد و لیوان شرابش را بلند کرد و گفت: «به سلامتی تو!»

اصلان، سیگاری را گیراند و در سکوت به ترلان خیره شد.

ترلان با حالتی سِحر شده ادامه داد و گفت: «بوی ماهی اوزونبورون می‌آد؟ اینجا؟ چطور می‌شه؟ اصلان، می‌دونستی که این قدیمی‌ترین موجود دریایی دنیاست؟ می‌دونستی که داره از بین می‌ره؟ تا چند سال دیگه اونا هم فراموش می‌شن. اونا هم نابهنگام دارن از بین می‌رن، می‌دونستی؟»

اصلان، سیگارش را با فشار هر چه تمام‌تر در بشقاب غذایش خاموش کرد و گفت: «من فکر می‌کنم که بهتره کتاب‌ها رو پس بدیم چون...»

هنوز جمله‌ی خودش را تمام نکرده بود که ترلان بغض کرده، گفت: «آره سرت داد زدم. داد زدم چون قرار بود اون شب با هم باشیم ولی تو کتاب و شراب خریدی و گفتی که می‌خوای بری کتاب بخونی، تنهایی. سرت داد زدم برای اینکه دیروز قبل از مهمونیمون رفته بودم دکتر... اصلان، حالم خوب نیست... رشد کردن... پُر شده... دارم سه روز دیگه دوباره عمل می‌کنم...»

برای اصلان، فقط یک لحظه بود. در یک لحظه همه چیز در هم پاشید... *نمی‌خوام دیوار شیشه‌ای من بشکنه ترلان رو هم نمی‌خوام از دست بدم صدای یه ناقوسی می‌آد داره ترک می‌خوره زمین داره می‌لرزه همه چیز داره می‌ریزه بهم چقدر الان احساس عاطفی عجیبی به ترلان دارم می‌خوام توی هر گوشه‌ی این دنیا ازش عکس بگیرم می‌خوام ضبط کنم خاطره‌ی دخترِ کوچکی رو که همیشه فقط به گوش ماهی‌ها راز خودش رو می‌گه باید بنویسم توی سرم شناورن کلمه‌ها دارن سرازیر می‌شن باید ازش بنویسم باید ترلان رو بنویسم باید توی شعرمن توی داستان من بمونه...*

~~~

ترلان می‌نوشت که نوشته باشد:

همیشه می‌گفتند وقتی که ماه تازه بیرون می‌آید باید به هلال باریک ماه نگاه کرد و یک آرزو کرد. من هیچ وقت آرزویی نداشتم ولی بخاطر «هیچ» هم که شده می‌خواستم نیاز دیگران بر آورده شود. هیچ وقت فکر نمی‌کردم یک روزی بتوانم به کمان ماهِ تازه نگاه کنم و بگویم که یک آرزو دارم.

ایرج، وقتی که پاهای تو هنوز روی زمین خاکی سنگینی می‌کرد، نیازیدن تو برای چه کسی بود؟ کی بود که دنبال صدای تو می‌گشت؟ کی رو جا گذاشته بودی؟ کی بود که برای تو شمع روشن می‌کرد؟ جای انگشت‌های تو هنوز آن در سفید را می‌افشرد، وقتی که می‌رفت. فقط یک جمله بود. همین. نگفتی. وقتی که
~~~

با آن گل نرگس زرد برگشت، قدم‌هایش تکیدند، درست روی جای پای تو که مانده بود.

پله پله بالا رفتی و خواستی به مقام عرفان حقیقی برسی. مفهوم زندگی را در جای دیگری جستجو می‌کردی. همیشه بین ازل وابد در سیر بودی. فارغ از لذت وصل خاکی، دنبال باده‌ی صافی بودی. ندیدی؟ عشق سِترده‌ای را که داشت؟ وقتی که نیاز تو بریدن از غیر خودت بود، چطور می‌توانست به تو برسد؟ وقتی در ترک لذت نفس، ریاضت می‌کشیدی، صدای زنجموره‌اش را نمی‌شنیدی؟ وقتی که به آن منزلگاه عرفانی نرسیدی، لحظه‌ای بود که افسوس خورده باشی؟ برای جمله‌ای که نگفته بودی؟ برای این بود که جا ماندی؟ وقتی پله پله بالا رفتن اصلان هم شروع شد، نُوفیدن آوای وجدان تو بود که از سرگشتگی صدایم کرد؟ بعد از پروازت به ملایک آشیان بود که آگاهیدی و نخواستی گل نرگس زرد دیگری جا بماند؟

ایرج، تو آن روزی که من برای اولین بار یک آرزو کردم، بودی؟ توی آن معبد عتیق، وقتی آن شمع سفید را می‌افروزاندم، غیر از تو کی صدای من را شنید؟

~~~

«غُنویدَن»

به تو زنگ می‌زنم و زنگ می‌زنم، صدای تو هنوز بسته است. بی‌قراری و بی‌تابی باران روی سقف سنگینی می‌کند. صدای فرود تند و پیاپی قطره‌ها بلند و بلندتر می‌شود. از فراشیدن ناودان، لرزه بر اندامم می‌افتد و سرما تمام تنم را می‌پوشاند. با بی‌حسی صدایت می‌کنم: «اصلان، همینه؟ همین، یک دمِ بودن؟» در سکوت، صدا بلند و بلندتر می‌شود. هر چه که هست، بویناک نیست. فقط صدا است. تنم لَخت‌تر و لرزه شدیدتر می‌شود. هنوز پیچیده در بوی تو، بلند می‌شوم و به اتاق نشیمن می‌روم. مثل پرواز آرام و بی‌صدای قوی فریادکش، داروی زهرآگین با شکیبایی و به آرامی در من رخنه کرده است. صدای سوراخ شدن می‌آید. روی مبل دراز می‌کشم و دوباره چشم‌هایم را می‌بندم... *قدم زنان از شیب بلند جاده‌ای که به کتابخانه می‌رسه آروم آروم بالا می‌رم با هر قدمی که بر می‌دارم حس می‌کنم سنگینی حضوری با منه هیچوقت نمی‌دونم کیه یا چیه نفس هوا داره سرد می‌شه همیشه این موقع‌ها سردم می‌شه همیشه این موقع هاست که می‌دونم باید چشم به راه کسی یا چیزی باشم می‌رسم به پل کنار کتابخانه رد می‌شم به میز سنگی‌ای می‌رسم نشسته سرش پایینه داره یه چیزی می‌خونه کی بود توی کلاسم که اول فکر کردم اونه می‌گن خیلی جدیه این اولین باره که می‌بینمش ورق‌ها و مقاله‌ها و کتاب هاش روی میزه با یه نظمی پراکنده‌ان باید خودش باشه چی جلوشه اینا رو حتمن توی کلاسش درس می‌ده من فقط از رو کتاب درس می‌دم شما آقای اصلان... هستین با بی‌حوصله گی نگام می‌کنه شتابزده می‌گه اگه اومدین که بگین می‌خواین کلاس منو بردارین باید بگم که کلاس‌های من سختن باید درس بخونین من با کسی شوخی ندارم هیچ بهانه‌ای رو هم قبول نمی‌کنم ای وای چی داره می‌گه سخت یعنی چی داره چی می‌گه نمی‌تونه سخت‌تر باشه دنبال کار می‌گشتم اسمم برای همه‌ی اونا نامانوس بود*

اسمم بوی بیگانگی می‌داد ورقه رو امضا نکردم اسممو عوض نکردم همیشه گفتم و می‌گم حتا اگه خاک بخورم اسممو عوض نمی‌کنم امضا نمی‌کنم نه برا یه تیکه نون اونا با دستکش سفید سر می‌برن بعدم معذرت می‌خوان بوی گوشت خام می‌دن نونشون بخوره تو سرشون اسممو عوض نمی‌کنم خودمو نمی‌فروشم اسمم خیلی هم سفیده سفیدتر از اسم اونا اسممو عوض نمی‌کنم من شاگرد نیستم من خانم ترلان... هستم از جاش بلند می‌شه با خجالت ازم معذرت می‌خواد ازم می‌خواد که بشینم نمی‌شینم نمی‌خوام دیگه چیزی بگم می‌خوام ازش دور شم می‌خوام سر به تنش نباشه کسی که افتادگی نداره نداره با این همه کتاب با این همه ورقه و مقاله نداره که نداره...

دوباره از جایم بلند می‌شوم. با بی‌قراری از یک اتاق به یک اتاق دیگر می‌روم. با کوچک و کوچک‌تر شدن اتاق، دمیدن و باز دمیدن نفسم تنگ و تنگ‌تر می‌شود. دوباره دراز می‌کشم. کاش می‌دانستم. نمی‌دانم. تمام کردن چطور شروع می‌شود؟ رفتن با حالت فشردگی گلو خواهد بود؟ با حبسی و تنگی نفس، و یا با...؟ دلم می‌خواهد که موقع رفتن، بیدار نباشم.

صدای پسرک همسایه به گوشم می‌رسد. گریه می‌کند. روزی که به این خانه آمدیم، پسرک همسایه تازه بدنیا آمده بود. برای هر دوی ما یک شروع تازه بود.

چشم‌هایم را باز می‌کنم. کاش تو بودی، کاش به تو تکیه می‌دادم، و کاش مثل همیشه برای من کتاب می‌خواندی که خوابم ببرد. در بی‌حسی سُر می‌خورم و سرازیر می‌شوم. صدای چکیدن باران از ناودان هنوز ادامه دارد... صدای تو.. نگاه تو... خنده‌های من و تو... پژمردن... رفتن... سکوت... صدای چکه‌های شتابان...

~~~
~~~

اصلان، شبی که در مسیر خانه‌ات، از سراشیبی خیابان قدم زنان بالا می‌رفتیم، گفتی که سال هاست که دور خودت دیواری شیشه‌ای کشیده‌ای و نمی‌خواهی به کسی عادت کنی. از آخرین همدمی که با تو بود، حرف زدی.

گفتی: «فقط چند ماه... شاید سه یا چهار ماه با هم بودیم. حس عاطفی بهش نداشتم ولی انتظار من این بود که رابطه‌ی بسته‌ای داشته باشیم.»

گفتم: «رابطه باز بود؟»

گفتی: «با من بود و با دیگران... با من بود... با یک دوست من هم بود....»

گفتم: «مطمئنی؟»

گفتی: «آره. همه جز من فهمیده بودن. وقتی هم که متوجه شدم و باهاش در میان گذاشتم، بی‌تفاوت بود. سیرابی کام نداشت. زندان سیاسی بود. چند سالی زیر شکنجه‌ی جسمی و روحی قرار گرفته بود. وقتی آزاد شد، با نقاشی کردن سعی کرد که با زندگی آشتی کنه. بعدش ظاهرن با تمام وجود وارد یه رابطه‌ی عاطفی شد و قرار بود که ازدواج کنه. مَردِه نقاشی‌هاشو می‌فروشه و بعدش هم می‌زاره می‌ره. همین. دیگه به کسی اعتماد نکرد و همه چیز براش یه بازی شد. من نمی‌دونستم. دست خودش نبود. بود؟ خوب، ببر اگر زخمی باشه، از پشت حمله می‌کنه. اگه می‌دونستم ماسک صورتم رو از پشت سرم می‌بستم.»

گفتم: «تلخی خیانت با آدم می‌مونه، حتا اگر بدونی چرا.»

گفتی: «پیدا کردن جفتی که مبتلا به خودش نباشه و قدرت عریان شدن یا رویارویی با خودش را داشته باشه، شاید محال اندیشی باشه. همش وَهم و خیاله. البته، هر نوع از خود بیرون ریختن، عُریان شدن، سهمی از خطر کردنه، اون هم درمیراثِ فرهنگی ما که پنهان کاری یک نوع باورِ به تنازع بقاست، به خصوص برایِ زن‌ها. اما، اینجاست که منِ آزاده، فرارونده، و بالنده در هر رابطه ای خودش رو نشون می‌ده. بگذریم از اینکه برایِ هنرمندان، خاصه نویسنده‌ها، این خود

کاوی و خود عریانی ذاتِ کشف وُ شهود خلاقیته که همیشه با دنیایِ ذهنی و عینی پی گیرانه، درگیرن.»

در سکوت، کلامی برای بیان کردن نداشتم. من هم از ریسمان سیاه و سفید می‌ترسیدم.

دلم می‌خواست از تو بپرسم که امکان دارد خاطرات پشت سرگذاشته‌ی تو یک روز بازتابی در بودن من و تو داشته باشد؟ خواستم بپرسم. نپرسیدم. در آن لحظه‌ای که بودیم، نمی‌خواستم بدانم که باید صورتکم را از پشت سرم ببندم یا از جلو.

~~~

ترلان و اصلان آن شب بعد از شام، قدم زنان به طرف خانه‌ی اصلان می‌رفتند. آنها از کنار گنبد طلایی رنگی گذشتند و از سراشیبی خیابان‌های پر سر و صدای دهکده‌ی دانشجویی بالا رفتند. نگاه اصلان به تنیدن تار و پود درختان پراکنده‌ی اوکالیپتوس کنار خانه‌اش بود و در سکوت قدم‌هایش را به آرامی بر می‌داشت... *دلم می‌خواد ببینم می‌تونم بهش اعتماد کنم*... اصلان خم شد و یک برگ سبز مایل به کبودی را که به شکل قلب بود، برداشت... *این برگ همیشگیه همیشه سبزه همیشه ناخزانه ولی تاب سرما رو نداره اگه نمی‌تونه با من باشه بازی هم نکنه چرا نمی‌تونم اینو بهش بگم دلم می‌خواد بگم می‌گه اگه می‌دونست من دست به قلمم باهام نمی‌موند خوب حالا می‌دونه دلم می‌خواد بگم چرا نمی‌تونم دیگه از من رفته دیگه توانِ تجربه‌های عاطفی رو ندارم دلم می‌خواد بگم چرا نمی‌تونم چرا همیشه من باید از راه برسم وَ وسیله‌ای برای پُر کردنِ خالی‌های دیگران باشم*... اصلان دوباره خم شد و پوست برکنده شده‌ای را از روی زمین برداشت... *این بدرد نقاشی می‌خوره یه قلم طبیعیه*... گفت: «ترلان، قبول داری
~~~

که پایه و لذت هر رابطه‌ای در اون اعتماد و تکیه‌ی فکری و عاطفی چشم بسته است که فی مابینِ برقرار می‌شه وگرنه اون اعتماد تَرَک برمی دارد؟»

ترلان گردن خودش را کج کرد و خیره به اصلان نگاه کرد و گفت: «قبول دارم. غیر از اون نمی‌شه.»

باز منتظر شنیدن چیزی از طرف او بود. ترلان چیزی نگفت.

گفت: «ترلان، قبول داری که ما هر کدام بَرآمده و پیش بَسته‌ی گذشته‌مون هستیم و بار گذشته رو، کم یا بیش، به دوش می‌کشیم و گاهی اثرهایِ گذشته در حال ما تعیین کننده هستن؟»

ترلان نرم خندید و گفت: «همون طور که خودت همیشه می‌گی، هر کدوم از ما با یه چمدون پر وارد یه رابطه می‌شیم. خوب حالا با این حرف‌ها داری کجا می‌ری؟»

گفت: «بعد ازشروع رابطه‌ات با من، چه چیزهایی به چمدونت اضافه کردی؟»

گفت: «خاطره‌های من وتو رو، از وقتی که با هم بودیم، از وقتی که بعدش نبودیم، و از وقتی که دوباره با هم بودیم و...»

گفت: «و... چی؟ چیزی داری به من بگی؟»

گفت: «اصلان، نمی‌دونم داری چکار می‌کنی؟ از من چی می‌خوای؟ بپرس.»

اصلان، با پوست برکنده شده‌ی درخت، حلقه‌های معلق دود سیگارش را رنگ‌پردازی کرد. در تاریکی شب، نگارگری خطوط رنگین تصویر دیده نمی‌شد... *فکر می‌کنه من فقط یه معلمم نمی‌دونه هنوز ندیده اون همه نقاشی‌هایی رو که کشیدم یک بام و دو هوا که نمی‌شه بدون نون و آب که نمی‌شه کاش قبل از اینکه من ازش بپرسم خودش بگه...*

گفت: «ترلان، قبول داری که باید مسؤلیت رفتار و کردارمان را به عهده داشته باشیم؟ قبول داری که ما شعورمند و قلم به دست و معلمیم؟ قبول می‌کنی که

قبولِ مسؤلیت اعمالمان یعنی تداومِ فردیت و آزادگی ی ما در قبالِ خود وَ دیگران... که یک دیگری فهیم بتونه به من، به تو اطمینان و تکیه کند؟»

ترلان از سمت راست طره‌ای از موی خودش را جدا کرد و به هم تابید، رهایش کرد و دوباره تافت و چندین بار تاب داد... *چرا نمی‌تونه هیچوقت نمی‌تونه به سادگی چیزی رو که می‌خواد بگه همیشه باید فلسفه بافی کنه همباف می‌کنه سوال و جواب‌ها رو پشت هم می‌بافه تا ببینه کجا می‌تونه با استدلال‌های خود من منو با تار بپوشونه آزاده گی و بالنده گی یعنی چی چقدر از مَحک زدنش بدم می‌آد*... می‌دانست ولی پرسید: «اصلان، تو به من اعتماد نداری؟»

اصلان جوابش را نداد و در سکوت از پله‌های خانه بالا رفتند... *همین الان بهش گفتم که دیگه توانِ تجربه‌های عاطفی رو ندارم هیچوقت جواب نمی‌ده متأسفانه رفتار ترلان هم مثل خیلی از زن‌ها در دنیای مردسالارانه‌ی ما سهمی از همان فرهنگِ عادتِ رفتاری شده رو از برایِ تنازع بقاءِ عاطفی و غیره بصورت‌های گوناگون در خودش می‌تَنه من هم مثل خیلی از مردهایِ روشنفکر درعمل چوبِ آن را دو طرفه می‌خورم*...

~~~

ترلان می‌نوشت که نوشته باشد:

ایرج، تو آن روز با من بودی؟ روزی که ابتدای پیچیده شدن دنیای درونی و بیرونی من بود، تو بودی؟ روزی که جبر دنیای بیرونی توانمندتر از تاب و توان من شد، تو بودی؟ روزی که مسافر سیال ذهن خودم شدم و اسم زمان ومکان‌ها رنگ باختند، تو بودی؟

ایرج، بازی هیبت از کجا شروع شد؟ کی برای کی تاوان می‌داد؟ معمای نگاه تو چی بود؟ در اولین دیدارمان، از روح پاشیده شده‌اش برای من گفتی و من قول شکیبیدن به تو دادم، پس چرا بادِ کمرشکن من شدی؟ چرا تجربه‌ی عاطفی من و
~~~

او، بدون نفس کشیدن به هم گره می‌خورد؟ چرا با منقاری خمیده، عقاب کینه‌ی او به دور خودش می‌گردید و به باز جای اولش بر می‌گشت؟ گردش ترک خورده‌ی بی‌نیازی به دیگران، گرایش به آزادی فردی، به خود مجذوب بودن، کمال پرستی، ودر گمان و شک کردن او، در کدامین صفحه‌ی این داستان نوشته شده بود که من نخواندم؟ کجا حواسم پراکنده شده بود؟ اصلان کجا خودش را جا گذاشته بود؟ راوی قصه گوی من، در کجای این قصه یادش رفته بود که از قالب شخصیت پرداخته شده‌ی داستان بوف کوری‌اش بیرون بیاید؟

~~~

«دِرَنگیدَن»

به سختی بلند می‌شوم. باید صدای باران را بشنوم. باید بوی نم را حس کنم، حتا اگر این آخرین بار باشد. در را باز می‌کنم، به طرف راه پله‌ها می‌روم و می‌ایستم. وَهم زده نیستم، باران می‌بارد. صدا است. صدای پناه بردن باران به ناودان و صدای فرو چکیدن قطره‌های رها شده از ابر... *روسریشو محکمتر گره می‌زنه پدر نمی‌فهمه اگه بهش نگه از کجا می‌فهمه دلش می‌آد آخرین بار کی بود که رفت مرداب اون نیلوفرهای آبی رو آخرین بار کی دید صدای اون پرنده‌های تالاب انزلی رو آخرین بار کی شنید چرا یک بار کاری رو نمی‌کنه که دوست داره کسی هم ما رو وسط مرداب خفه نمی‌کنه من اینجام بعد از این همه سال می‌خوام نیلوفرهای دریایی رو ببینم پدر نمی‌فهمه اگه به من اعتماد کنه بعد از مرداب می‌برمش پیش علی سبیل برنج دود کرده و ماهی سفید می‌خوریم شب هم سالم برمی‌گردیم خونه نباید بترسه از چی می‌ترسه حتمن یه چیزی شده که مَردِه قایق رو وسط مرداب خاموش کرده کاش مامان جلوی مَرده روسی حرف نمی‌زد منو و اون دو نفریم خوب که چی خم شده شاید خزه یا چیزی به تنه‌ی قایق چسبیده ای وای ای وای چقدر قشنگه بیچاره می‌خواست برای ما دو تا گل نیلوفر برداره گفتم که چیزی نبود مامان خودش به من گفته بود که جرات زندگی کردن رو از من یاد گرفته کاش الان گریه نمی‌کرد بازم برمی گردیم...* برمی گردم به طرف در باز، چراغ همسایه‌ی پهلویی من هنوز روشن است. در می‌زنم. جوابی نمی‌دهد. دوباره در می‌زنم. در را باز نمی‌کند. با تعادل ناپایداری به طرف در باز خودم می‌روم. در همسایه باز می‌شود. نگاهم می‌کند و نگاهش می‌کنم. اشکم سرازیر می‌شود. به دستش تکیه می‌کنم و به رنگ خاکستری مُبلش.

شتاب زده از پله‌ها پایین می‌رود تا از همسایه‌ی دیگری کمک بگیرد. صدای نگران دیگری می‌پرسد: «چند تا خوردی؟ چه رنگی بودن؟ ساعت چند این کار

رو کردی؟ از روی....» گریان و در سکوت فقط نگاه می‌کنم... *نیلوفر آبی شناور روی آب دُمبرگ‌های بلند ساقه‌های درشت برگ‌های ساده خاک ریشه برگ‌ها گل شناور از آسمون می‌افته نیلوفر آبی گل می‌شه شربت عشق جادویی می‌شه*... تلفن می‌کنند به بیمارستان. صدایی، حرف کسی را تکرار می‌کند: «اگر به موقع نرسد، عواقب بدی دارد، کوما، خفگی، و یا...»

در آپارتمانم هنوز باز است. همسایه‌ام بطرف اتاقم می‌شتابد، کیفم را بر می‌دارد، و در را قفل می‌کند. چراغ‌ها روشن می‌مانند.

قبل از رسیدن به راه پله‌ها، بالا می‌آورم... *می‌خوام بخوابم چرا نمی‌بینن یه چیزی می‌خواد از من بیرون بیاد کاش بذارن زندگی رو بالا بیارم داره حالم بهم می‌خوره یه چیزی به رنگ سفیدی می‌زنه کاش بذارن زلال بشم کاش در نمی‌زدم نمی‌فهمم چی می‌گن کلمه‌ها خودشونو بالا می‌آرن قبل از اینکه به گوش من برسن کاش در نمی‌زدم اصلان جوابمو نده بیشتر هولم بده بذار برم ایرج دستمو بگیر تو این راهو رفتی می‌دونی کجا باید سُر بخورم ماما می‌خوام نیلوفر بشم می‌خوام با ریشه‌هام همیشگی بشم می‌خوام با ساقه‌هام برسم به خودم می‌خوام با پاکی از آب گل آلود بیرون بیام می‌خوام آب روان بشم می‌خوام سر ریز بشم کاش در نمی‌زدم*... با سطل زباله بدست، سوار ماشین همسایه می‌شوم و بطرف بیمارستان می‌رویم. به محض رسیدن، یک یا دو بار دیگر هم بالا می‌آورم. بیدرنگ مرا به بخش مراقبت ویژه می‌برند... *این جا بوی خون می‌ده می‌خوام نباشم بوی خون از روانم داره بالا می‌ره کجاست بوی خونه بوی دم کرده برنج سوخته بوی سیر بوی کوله ماهی بوی سبزی تازه بوی آب نارنج بوی انار ترش ماما چرا جرات زندگی کردن رو از من یاد گرفتی ماما وقتی بدنیا اومدم دنبال صدات بودم یا نه امین رو که بدنیا آوردم صداش کردم نفسش بند اومد دنبال صدای من می‌گشت ماما حالا من نفسم بند اومده دنبال صدات می‌گردم حالا تو منو برگردون جرات کن منو بر گردون*... لوله‌های درون رگی وصل

می‌شوند. با جهش خون، سرنگ‌ها پر می‌شوند و دستگاه فشار خون به من فشرده می‌شود. و من با سرازیری چکه‌های سرخ از سوزن سر تیز زیر پوستم، شروع به شمردن لحظه‌ها می‌کنم، لحظه‌های نبودن تو را.

~~~

درت نیمه باز بود. منتظر من بودی. قرار بود با هایده و سیامک به برنامه‌ی بزرگداشت شاعری برویم که باور داشت: «... پرنده آدم‌ها را نمی‌شناخت... پرنده فقط یک پرنده بود...»

وقتی به خانه‌ات رسیدم، دم در، کنار درختچه‌ی پرتقال مکثی کردم و یک برگ سبز نوچین را از شاخه جدا کردم و گذاشتم که در پناه کف دستم بشکند. با یاد آوری خاطره‌ی اولین دیدار من و تو، رایحه‌ی شیرین ترنج از برگ ترک خورده پراشیده شد و از من پرسید:

«فکر می‌کنی، یادش بیاد؟» گفتم: «شاید. اگه بیرون می‌اومد، از حالت نگاهش می‌شد فهمید. فقط درو باز گذاشته که من برم تو. بعد از این همه مدت... فقط در رو باز گذاشته.»

در نیمه گشوده را باز کردم و وارد شدم. از جایت بلند نشدی. سلام کردم و سلام کردی.

از نادیده انگاشتن عُرف میهمان نوازی تو، به تک صندلی گوشه‌ی اتاق پناه بردم و قهوه‌ی درون قهوه جوش، کف کرده با جوش و خروش دم کرد.

اولین قهوه ترک تلخ مان را آن بعد از ظهر با هم خوردیم. فنجان‌ها را به طرف قلب خودمان برگرداندیم. با خشک شدن قهوه، بازی فال گرفتن ما شروع شد و تصاویر نقش بسته بر دیواره‌ی فنجان تو با شتاب طلب خواندن کردند.

گفتم: «اصلان، غلظت قهوه دور تا دور فنجانت رو گرفته، یعنی که خیلی دلتنگی. یک صلیب و دو تا کلاه جواهرنشان هم می‌بینم. یک تاج رو سرت
~~~

می‌درخشه و صلیب در فاصله نزدیک به تو قرار داره که نشون می‌ده مورد توجه کسی قرار می‌گیری. جنگ و جدل و خصومت بر سر چیزی برات پیش می‌آد ولی در این دعوا فاتح می‌شی چون تاج دومی کمی دورتر از توست. دستت محکم به یک لنگر چسبیده. روبروی تو یک دیواره و در دو طرف دیوار سه راه دیده می‌شه. یکی از راه‌ها بسته است دو تای دیگه هر دو به روشنی راه دارن. لنگر می‌تونه نمادی از ثبات و تصمیم به انجام حرکت یا یک خانه، کار، و حتی یک رابطه‌ی جدید باشه. نذری کردی که فعلن بر آورده نمی‌شه. پرنده‌ی بزرگی توی فالت دیده می‌شه که تو رو از روی اقیانوس رد می‌کند و به جایی که نذر کردی می‌بره ولی بر می‌گردی. چیزی که می‌خوای الان پیش نمی‌آد. یک اسب بزرگ افتاده. زندگی تو عوض می‌شه. یک نفر یک شمع دیگه برات روشن می‌کند. این شخص تو رو می‌بره جایی که فراتر از عالم طبیعت خودته یا....»

انگشت شست خودت رابه ته فنجان زدی و باز گوش دادی.

گفتم: «برات یک پرستو افتاده. یک تحولی در زندگیت پیش می‌آد ولی باید خیلی هوشیار باشی. یک نفر رو که از گذشته‌ی خیلی دور توست، پیدا می‌کنی. بین شما دو تا پر از بوته‌های خارداره. یک جغد بزرگ دیده می‌شه که نمادی از عقل و غیب و ادراکه. این جغد با روح این جهان و جهان ماورای طبیعی ارتباط داره... آها! یعنی جن زده می‌شی.»

فنجان قهوه‌ات را آب نکشیدی و گذاشتی روی میز برای مدتی بماند. فنجان قهوه من را برداشتی و شروع کردی به خواندن.

گفتی: «ترلان، فنجانت خیلی روشنه. بنظر می‌رسه که هیچ پیچیدگی خاصی در زندگیت پیش نمی‌آد. برات یه خرس افتاده که خیلی هم خوبه ولی نمی‌دونم یعنی چی. یک کلاغ هم افتاده که داره خرس رو نگاه می‌کند که بازم نمی‌دونم یعنی چه. بنظر می‌آد در حال دعا کردنی... کاش... کاش وقت داشتم این نقش‌های خشک شده‌ی قهوه رو نقاشی کنم. خود این نقش‌ها داستانن. کاش

وقت داشتم و یک داستان در باره این نقش‌ها می‌نوشتم... خوب، حالا برای مهم‌ترین قسمت فال، انگشت شست خودت رو به ته فنجون بزن. آها... برات هواپیما افتاده. تو هم به یک سفر کوتاه می‌ری که سرنوشت سازه... خوب، دیگه وقت نداریم....»

فنجان قهوه را از دستت گرفتم وبه نقش و نگار توی فنجان خودم نگاه کردم.

گفتم: «توی فال من هم یک جغد بزرگ دیده می‌شه. دستش رو به طرف من دراز کرده و من با حالت تردید دارم بهش نگاه می‌کنم... مادر بزرگم می‌گفت که جغد حس شنوایی و دید استثنایی داره. این پرنده نماد عقل و تواناییه... و قدرت دیدن و شنیدن داره بخصوص در تاریکی. جغد نمادی از سحر و جادوست. برای شناخت خصوصیات پنهانی درونی خودت، باید توی خونه یک جغد نگه داری. جغد در منزل نماد خیال اندیشی، خرد بزرگ، و ارتباط با روح جهان و هستی است... آها! من هم روح زده می‌شم... یا شاید جن زده.»

وقتی انگشت خودم را به ته فنجان زدم، نگاهم می‌کردی، نگاهت حالت دورتک دیدن را داشت. بعد از ماه‌ها، اولین باری بود که نگاه می‌کردی و من را می‌دیدی. در آن لحظه‌ی نازک که من بودم و تو، دم بر آمدن امید و بسر آمدن شکیبیدن من برای فرو ریختن دیوار شیشه‌ای تو بود. در آن لحظه‌ی دل نازک، پرواز خاطرات و یاد همیشه حاضر هایده، فراز و نشیب خودش را از دست داده بود. دیگر مهم نبود که آگاهانه یا ناآگاهانه مثلثی از سه نفر ما ساخته بودی.

دیرترک، هایده برنامه‌ی همه ما را بهم زد و خواست که به یک فیلم برویم. تو قبول کردی و من هم اعتراض نکردم. نمی‌خواستم و نمی‌خواستی آن شب را خراب کنیم. در اولین گردهمایی، بین تو و دوستان قدیمی‌ات، احساس غربت می‌کردم. سعی می‌کردم فکر نکنم. سعی کردم ولی نمی‌توانستم به یاد نیاورم. چند دفعه قرار خودت رو با من به خاطر هایده بهم زده بودی؟ چند دفعه پهلوی من دراز کشیده بودی و حرفی جز هایده و روح ظریف و شکننده‌اش نزدی؟...

لباس سیاهی رو که پوشیدم دوست دارم موهام هم امروز خوبه نه قشنگه امروز رو مرخصی می‌گیرم با کِش و فِش آرایش می‌کنم به موقع می‌رسم چقدر منتظر کنسرت امروزم بلیط اصلان پیش خودشه بیخودی لج می‌کنم نباید بلیط رو بهش بدم خوب هی می‌گه هایده هم این کنسرتو دوست داره و دلش می‌خواد بیاد خوب که چی هر چی دارم می‌دم گرون‌ترین بلیط‌ها رومی خرم می‌خوام دو تایی بریم می‌گم اگه خیلی دلش می‌خواد بلیطش رو بهش می‌دم می‌تونه با هایده و شوهرش بیاد بلیط رو ازم می‌گیره نه حتمن می‌آد این کارو نمی‌کنه پنج دقیقه دیگه کنسرت شروع می‌شه چراغا دارن کم رنگ می‌شن همه نشستن صندلی دست چپ من مال اصلانه حتمن می‌رسه نمی‌تونه نیاد دو دقیقه مونده داره به زور از لا بلای پای مردم رد می‌شه نمی‌دونم چرا همش به من نگاه می‌کنه می‌شینه رو صندلی دست راستم حتمن می‌آد چراغا خاموش شدن صندلی دست چپم خالیه... وقتی وارد سینما شدیم تو لحظه‌ای هایده را تنها نگذاشتی. دور خودم چرخیدم و از شما دور شدم. حواست به من نبود. سیامک از دور، هم به در و دیوار نگاه می‌کرد و هم به شما.

چراغ‌های سالن را کم نور کرده بودند که نشستیم. هایده روی صندلی دست چپ من پهلوی شوهرش نشست و صندلی سمت راست من خالی ماند. دنبال تو گشتم. سه تا صندلی دورتر ازمن پهلوی سیامک نشسته بودی.

رنگ درنگ آگهی‌های سوداگرانه، در سالن نور باخته به الوان مختلف به پرواز در آمدند. شفافیت اندیشه‌ام رنگ سبز فیروزه‌ای خودش را از دست داد. پیچ پیچان نگاه هایده از من به تو و از تو به من می‌خزید.

تاب نشستن نداشتم. هیچوقت تا این حد، نادیده گرفته نشده بودم. خم شدم، کیفم را برداشتم، کتم را بدست گرفتم، و بلند شدم. به آرامی و بدون نفس کشیدن با یورش اشک از سالن بیرون آمدم.

ماشین‌ام روشن شد و دوباره خاموش شد. دوباره برگشتم و پشت در ایستادم. با شناخت تو، رفتن من جدایی من وتو بود. هر رابطه‌ای که بود و نبود، نیست می‌شد.

ماشین دوباره روشن شد. چراغ راهنما قرمز بود. چراغ عابر پیاده روشن و خاموش می‌شد. قلم سرنوشت من در دست قرمزی چراغ راهنما بود. سوسو زدن چراغ کم نور عابر پیاده، گاه روشن وگاه خاموش، حس و فکرم را می‌خراشید. «اگر چپ بپیچم، همه چیز تمامه. اگر نپیچم، حس بی‌احترامی من چی می‌شه؟»

پایداری قرمزرنگ چراغ، سبز پررنگ شد و من دست چپ پیچیدم و راهی جاده شدم. بعد از بیست دقیقه، متوجه رفتن من شدی و به من زنگ زدی.

گفتی: «ترلان، تو کجایی؟»

گفتم: «من توی راهم. دارم برمی‌گردم خونه.»

گفتی: «یعنی چی توی راهم؟ من متوجه‌ی رفتن تو نشدم. بچه‌ها به من گفتند که یه جا رفتی و پیدات نیست. یعنی چی که توی راهی؟»

گفتم: «دارم می‌رم خونه. تو.. تو چطور تونستی؟... منو برای اولین بار تو جمع دوستات می‌بری و بعد منو تنهام می‌ذاری؟ از تو انتظار نداشتم. اصلان، بی‌ظرافتی ادب تو در تنها گذاشتن من قابل تحمل نبود.»

گفتی: «این چکاری بود که کردی؟ اصلن فهمیدی چکار کردی؟ خوب بگذریم، برای من مهم نیست که جلوی اونا... به هر صورت...»

گفتم: «اصلان، دفعه‌ی قبل تو تالار موسیقی منتظر تو بودم. فکر هایده را کردی و نیامدی.»

گفتی: «دو تا موضوع رو با هم قاتی نکن! اینجا یک چیزی درست نیست... یک چیزی درست نیست... دارم سرت داد می‌زنم... من هیچ وقت سر کسی داد نزده بودم... الان برای خودمم هم عجیبه که دارم سر تو داد می‌زنم... خوب همینه که همینه. حالا که رفتی، برو.»

غضبناک از رفتار نامتعارف من، تاب اولین تنش رابطه‌ی ما را نداشتی و از من نخواستی که بر گردم. بعد از رفتن من، تو هم برنگشتی. بیرون تو خیابان نشستی و با افکار پراکنده مثل نم به زمین فرو رفتی.

کاش دوباره زنگ می‌زدی، کاش از من می‌خواستی که برگردم، کاش آن شب اتفاق نمی‌افتاد، کاش می‌دانستم که در آن لحظه درک تو از کنش و واکنش من و تو چه بود؟ کاش می‌دانستم که برای یک لحظه خواستی برگردم ولی نپرسیدی.

با شوری حس پس خوردگی، همراه جاده‌ی کوبیده شده به دریاچه‌ی نزدیکِ خانه پناه بردم. می‌خواستم با نفس‌های آخر آن دریاهک بی‌موج رها بشوم. ساعت یازده شب بود. کنار آب من بودم و اردک سبُک سَری که یادش رفته بود برگردد به جایی که باید باشد.

گنجیدن من پشت دیوار شیشه‌ای تو و در مثلث سه نفری ما، از عهده‌ی من خارج بود. از تجربه‌ی آن شب نه تو یاد گرفتی و نه من. دو هفته بعد از آن شب، برنامه فستیوال فیلم‌های گزیده شروع شد و من وتو باز قرار گذاشتیم که با هم دو تا از فیلم‌ها را ببینیم. روز قرارمان، با هم حرف نزدیم. نمی‌خواستم قرارمان را بتو یاد آوری کنم، امید داشتم که به یادت بماند. بعد از یک ساعت رانندگی رسیدم و به تو زنگ زدم تا بدانی که رسیدم. تلفنت جواب نداد و من پیامی نگذاشتم. دم در سینما منتظرت نشستم. نیامدی. چشم براه تو، تاب سنگینی شکستن قول دیگری را نداشتم. بلیط تو را به باد گره زدم و رفتم تو و پاره‌ای از صندلی قرمز رنگی شدم.

سالن سینما داشت تاریک می‌شد که با هایده وارد شدی. بی‌اراده برگشتم و شما دو تا را دیدم. نگاهت چند بار از من به هایده و از هایده به من سُر خورد. نگاه سرگردان هایده هم روی فرورفتگی قرمز صندلی من لنگر انداخت. «دودلی» این دست و آن دست کرد و «دو راهی» دل ضعفه گرفت. بالاخر با هم به طرف من آمدید و هم سایه‌ی صندلی قرمز من شدید... *کنارم روی آسفالت خیابون*

نشسته آفتاب خوبیه اصلان نمی‌دونه چکار کنه حتمن داره احساس گناه می‌کنه بازم داره قولش رو به خاطر هایده بهم می‌زنه پیرهن سیاه بهش می‌آد باید الان می‌رسیدیم به اون دهکده‌ی توریستی دلم می‌خواد خفه‌اش کنم هایده رو هم همینطور سه هفته منتظر بودم امروز برسه قرار داشتیم حالا توی خیابون نشستیم هایده خواهش کرده می‌ره اونجا هایده هوس کرده شام درست کنه منو نمی‌بره اگه بخواد می‌تونه قرار امروز منو بهم نزنه حس رنجش داره اذیتم می‌کنه منو می‌رنجونه که چی که حرمت هایده رو نگه داره می‌خوام سر به تن هیچ کدومشون نباشه... بعد از کم رنگ شدن چراغ‌های سالن، دوباره رنگ درنگ آگهی‌ها در سالن نور باخته به الوان مختلف به پرواز در آمدند. در این لحظه بود که دیوارها شروع به لرزیدن کردند و پرده سینما پاره پاره شد و از حال رفت. صدای ضجه‌ی کیفم از زیر صندلی بلند شد، سرخگونی ژاکتم رنگ باخت و توان بلند شدن نداشت، پاهایم دو دستی به پایه‌های صندلی چسبیده بودند، و تو آرام کنارم نشسته بودی.

بعد از فیلم، حس توفان زده‌ی من چیزی برای گفتن نداشت. اگر هم داشت، در غبار ابر بازمانده، شنیده نشد. تو هم چیزی نگفتی. شاید هم گفتی ولی در گرد و خاکی توفانی که بلند شده بود، کلامت شنیده نشد.

~~~

کلید در را چرخاند و وارد شد. برای لحظه‌ای، اصلان وسط اتاق تاریک ایستاد. به چینه بندی کتاب‌های روی میز عسلی نگاه کرد، به ترتیب عنوان نامه قرار گرفته بودند. گود افتادگی سرش، هنوز روی بالشتک قهوه‌ای مبل قرمز، عمق خودش را از دست نداده بود... *امشب چی شد دفعه قبل چی اون رفتار غیر معقول ترلان در ترک سینما چی بود خوراک نشخوار موضوع صحبت همه شده چرا متوجه نمی‌شه که من کوچک‌ترین تحمل بازی ی «زنانه» یا «مردانه» رو در*
~~~

این زندگی‌ی دشخوار ندارم بارها گفتم که حتا حوصله‌ام از خودمم سر می‌ره و می‌خوام سر به تنم نباشه امشب هم همینطور خوب در گیر ذهنیات خودم بودم جایی در پس کله‌ام هم بود که فستیوال فیلمه طاقتم طاق شد رفتم بیرون در پس ذهنم بود که ترلان حتمن تلفن می‌کنه مثل همیشه... روی صندلی کنار آشپزخانه نشست. به ته مانده‌ی قهوه‌ی تُرک توی فنجان نگاه کرد... باید فالمو بنویسم نه باید نقاشی کنم من نقاشم ولی ترلان نقش و نگارا رو بهتر می‌بینه ترلان داره انگشت خودشو ته فنجون می‌زنه امروز یه جورایی یه جور دیگه‌ای می‌بینمش می‌تونم همینطور نگاهش کنم از گذشته‌ی دور کی رو قراره ببینم دلم می‌خواد ترلان رو بغلش کنم... فنجان قهوه را جمع کرد. بطری شراب را باز کرد و دو گیلاس پر ریخت و گفت: «به سلامتی بوته‌های خاردار و هر چه جغده! به سلامتی جن زدگی!»

هر دو گیلاس خالی شدند. سیگاری گیراند و حلقه‌های عمودی را از بالا به پایین رها کرد، یکی بعد از دیگری... عمر کوتاه‌تر و بی‌ارزش‌تر از اونه که خودمو درگیر مسایل عامیانه کنم بخصوص برای منی که زیستن حالا بیش و بیش در کار و بار نوشتن برام معنا پیدا می‌کنه... گیلاس‌ها دوباره پر و خالی شدند... حتا اگر گرسنگی بکشم خواسته‌ها و نیازهامو نادیده می‌گیرم نه سرکوب می‌کنم دلتنگی‌ها هم خوب بکاهن از جانم حتا اگه به جایی برسم که از دست خودم خلاص شم به همین سادگی... سکوت اتاق با لرزش دمیدن هوا بر لبه‌ی نی لبکِ خیزران اصلان، شکست. نت سوز دار بریده شد و آخرین قطره‌ی درون بطری خالی شد. گنجه‌ها باز و بسته شدند، یکی بعد از دیگری. فقط یکی مانده بود، آخرین بطری بود... همه مبتلا به خودشون هستن و در برداشت‌ها و ارزش یابی‌ها و قضاوت‌هایشون جایز الخطا همیشه همینطوره با تمام این حرف‌ها چقدر می‌شه برداشت‌های بخطا رو تحمل کرد من نمی‌خوام و در حد توان من هم نیست که روانکاوی کنم اما در عین حال نمی‌تونم حس و برداشت

خودمو و رفتار بظاهر عکس العملی ترلان رو در رابطه با حضور هایده نادیده بگیرم... دو گیلاس دیگر پر کرد... *بوی چوب سوخته می‌ده اینو نگه داشته بودم برا یه روز مخصوص نه همچین روزی نمی‌آد*... در یخچال مدتی باز مانده بود. خالی بود. تکه نانی برداشت. دنبال چیزی می‌گشت... *نه ماست با شراب نمی‌خوره سردی می‌آره حوصله خونریزی ندارم آها عسل دارم نون و عسل و شراب خوب اگه جلوی دهنمو گرفته بودم الان یخچالم پر بود عدالت اجتماعی رو با ماست و گردو هم میشه خورد نه زور از گلوم پایین نمی‌ره محاله حرمت انسانی رو نادیده بگیرم عمد یا خودآگاه نمی‌کنم ترلان چی فکر می‌کنه ازم رنجید حرمتشو نگه نداشتم یخچالم خالیه در عمل دیگه نمی‌کشم با همین توان نیمه فرسوده باید کار کنم باید بنویسم نون و ماست می‌خورم ولی دیگه توان کشش و تحمل فکری و روحی و این حالت‌ها و بازی‌های ترلان رو ندارم از کمبود اعتماد بنفسشه بازی‌گره*... دستمالی را خیس کرد و شروع کرد به تمیز کردن قفسه‌های یخچال. لکه‌های دسته‌ی در یخچال را سایش داد، پاک نشدند. دوباره سایید. دستمال را به طرفی پرت کرد و در را هم به حال خود رها کرد. دوباره گیلاس‌ها را پر کرد... *آها یادم رفته بود*... از روی یکی از فرهنگنامه‌ها بلندش کرد و روبروی خودش نشاند. برای مدتی خیره به هم نگاه کردند. جلیقه‌ی سیاهی پوشیده بود، با راه راه‌های خاکستری و دگمه‌های قرمز. شال گردن قرمز بافتنی‌اش، جیب چرمی قهوه ایش را پنهان کرده بود. موش نویسنده‌ای بود. اصلان گفت: «یکی از قشنگ‌ترین کارهایی که ترلان کرد، خریدن تو بود.» گیلاس دست نخورده‌ی خودش را روی میز گذاشت و گیلاس دومی را بلند کرد و گفت: «به سلامتی هر کسی که قلم به دسته!» موش نویسنده در سکوت نگاهش می‌کرد. اصلان پرسید: «خوب، جویدن کتاب‌ها رو کنار گذاشتی؟ جلوی آزاده گی رو نتونستی بگیری؟ پس می‌خوای بگی که تنها راه مبارزه، قلم بدست گرفتنه؟ بالاخره فهمیدی... فهمیدی چرا سرو کاشمر رو زدند؟ پس تو بودی که

وقتی که از خونه می‌رفتم بیرون، کتاب‌هامو به هم می‌ریختی؟ عینک خودت رو می‌زدی و کتاب‌هامو می‌خوندی؟ جاهای مهم رو علامت گذاشته بودی. دیدم. دست خط خودت بود. حالا می‌دونی. خوب همین جوری می‌شه که آدم می‌فهمه. من هم تازه فهمیدم که نیش و نوش دارو یعنی چی.»

اصلان از روی صندلی بلند شد و به طرف میز کارش شِکُرفید. کاغذ و قلمی بدست گرفت و برگشت. موش نویسنده به کاغذ و قلم نگاه می‌کرد هنوز ساکت بود. اصلان گفت: «منتظر چی هستی؟ قلمو دستت بگیر و بنویس! بنویس که گفته بودم: در همان کافه همیشگی‌ام هایده رو دیدم. رفتم تو تا حال و احوالی پرسیده باشم. وقتی که قصد رفتن کردم، گفت که فیلم خوبی نشان می‌دهند، مهمان من باشید. با مهربانی اصرار کرد. طفره رفتم. دوباره خواهش کرد که مهمانش باشم. گفتم که خسته‌ام باید بروم چیزی بخورم و کمی بخوابم. بر می‌گردم. وقتی از پس شاید حدود نیم ساعتی برخاستم، خواستم به هایده تلفن کنم که دیدم ترلان زنگ زده ولی پیغام نگذاشته بود. کمی تعجب کردم و زنگ زدم و گفتم که شاید از خواب بیدار شده‌ام و نمی‌دانم کجا است و من هایده را دیده‌ام و با او می‌روم فستیوال و اگر آنجا بود همدیگر را می‌بینیم. خوب همین طور هم شد.»

اصلان گیلاسش را بدست گرفت و پرسید: «می‌خوای امتحان کنی؟ زیاد تلخ نیست. وقتی قلم بدستی، به آدم... ببخشید به ... آها! به یه نگارنده کمک می‌کنه.» موش نویسنده جوابی نداد. گیلاس هم خالی شد. اصلان ادامه داد: «خوب، ادامه بده. بنویس که پرسیده بودم: پس این خیال بافی‌ها چیست یا چه بود که کردی خانم؟! که شاید عمدن ترا نادیده گرفتم؟ این حرف‌ها ترلان مزخرف است! زاده‌ی خیالات توست. همین.»

~~~
~~~

ترلان می‌نوشت که نوشته باشد:

کنش و واکنش خام پندار من و اصلان آن شب و آن پسین شب دیگر، ابر باران‌زایی بود که برای سال‌ها بند نیامد. با چندپارگی صدای‌مان بود و ناهمگونی نگرش‌مان که سال‌ها به قضاوت نشستم و نشست. کاش یاد گرفته بودم. کاش یاد گرفته بود.

ایرج، شاید در خیال‌پردازی بود که قانون طبیعت را زیر پا گذاشتم و حضورهای بی‌سایه، تصویر شدند و هم بال من به پرواز در آمدند. شاید هم از اول همه چیز زاده‌ی خیالات من بود، حتا اصلان. روزی که کنار اصلان روی آسفالت خیابون نشسته بودم، شاید با دُرفشانیدَن آفتاب بود که تخیل زود باور من می‌باورید که رویای من به واقعیت خواهد پیوست، در فرداهایی که در راه بودند. شاید برای همین بود که نخواستم بشنوم، وقتی که نگاه اصلان به نگاه من گره خورد و گفت: «جفت من باید از هر نظر کامل باشه. اگر پیدا بشه، که فکر نمی‌کنم همچین کسی وجود داشته باشه...» نه، نشنیدم. وقتی که من را می‌رنجاند تا حرمت دوست یا دوستان دیگری را نگه دارد، نگاه می‌کردم و نمی‌خواستم ببینم. با خیالات خودم، برداشت‌های به خطای او را در سکوت تحمل می‌کردم و می‌خواستم که نه ببینم و نه بشنوم.

شاید اصلان حق داشت و همه چیز خیال پروری من بود. شاید وقتی که در خصوصی‌ترین لحظه‌های ما، نفس اصلان روی نفس من فرود می‌آمد و اسم دیگری را پچ پچ می‌کرد، لحظه‌ای بود که من سُریدم، به درون یک قصه. شاید از خراشندگی بهتان‌ها بود و کابوس‌های من در بیداری که پناهیدم، به خیالاتی که زاده‌ی خودم بود. در قصه بود که شنیدم و نشنیدم، صدای زنگ را. زنگوله‌ای داشت که در ته دُم خودش پنهان کرده بود. حرکت می‌کرد و می‌جنبید. طنین گویای زنگوله‌هایش با هر حرکتی بلند و بلندتر می‌شد. مار زنگی‌ای بود که احساس خطر می‌کرد. بو کرده بود، ناتوانی من را در پذیرش واقعیت. دیده بود و

می‌دانست که مارهای چمباته‌زن جمع می‌شوند، دور شکار خود می‌پیچند، آرام آرام حلقه را تنگ‌تر می‌کنند تا طعمه خفه شود، و بعد شکار خود را به یکباره می‌بلعند. حرکت می‌کرد و می‌جنبید تا بشنوم. شنیدم و نشنیدم. با دو دست چسبیده بودم به دروازه‌ی قصه و می‌پاسیدم، تا که شاید صدای پای اصلان را بشنوم.

در قصه بود که چکاوک شدم و دوباره آشیانه کردم روی شاخه‌های اصلان. در انتظار رویش دوباره‌ی درخت بودم که دیدم شناس و ناشناس تبر بدست شاخه‌هایم را دَرَویدَند. اصلان اجازه داده بود. نگاه می‌کرد، به شاخه‌هایی که یکی بعد از دیگری به روی زمین بر می‌افتادند. صدایش کردم و فریاد بر آوردم. بر روی زمین پراشیده شده بودم که گفت: «عمدن تو رو نادیده نمی‌گیرم، همه‌ی اینا زاده‌ی خیالات توست. همین.»

~~~

«داورزیدَن»

«چی خوردی؟ چند تا خوردی؟ از روی قصد بود؟» صدای دکتر و سرازیری واژه‌ها، جمله‌ها، پرسش‌ها، و پاسخ‌ها تمامی ندارند.

در تنهایی، تاب نگاه خیره‌ی آن‌ها را ندارم. نمی‌خواهم سوال پیچم کنند. من به قضاوت و ملامت هم نیازی ندارم. سنگینی عمدی دست پرستار را روی سوزن سرتیز زیر پوستم حس می‌کنم، گُر می‌گیرم و عرق پوش می‌شوم... چه اهمیتی داره که چی با سی قرصی که درون منو سوراخ سوراخ می‌کنن، دیگراز شاخ و شانه کشیدن کسی هراسی ندارم حتا از قضاوت خودم در مورد سنگینی خودآگاه دست فرشته‌ی سفید پوش کنارم ابایی ندارم خوب که چی گرفتار باورهای خودشه از چی می‌ترسه ...

نگاه دوباره‌ی دکتر روی من سنگینی می‌کند و نگاه سوگوار همسایه‌هایم به همدیگر. نه من به رجزخوانی هم نیازی ندارم... چه اهمیتی داره که چی مدت‌هاست که با حالت جنون زده گی جُور و اُخت شدم می‌گم این شهر با تمام زیبایش خاطره‌های ضبط شده داره سالار می‌گه جنون زده نیستی دیوار موش داره موشم گوش داره می‌گم غیر از دیوار و موش این شهر شبح زده ست موش دیوار من همیشه گوش به زنگه همه چیز رو آوا نویسی می‌کنه توی اتاقم دنبال رد پای موش می‌گردم اصلان هم می‌دونه پیدا کردنش کار سختیه موش من پشت عقاب قایم می‌شه زور من و اصلان هم به عقاب نمی‌رسه عقاب با دستکش سفید پنجه می‌ندازه خوب که چی دیگه از چی بترسم زور من و اصلان هم به حضورهای باطل شده نمی‌رسه همه جا هستن یه لحظه توی مهتابی خونه هستن یه لحظه توی رستوران یا توی ماشین یا توی سیاه چاله‌ی جاده‌ی کوهستانی چاره‌ای ندارم راه دیگه‌ای نیست باید ازش رد شم اون جاده منو به اصلان می‌رسونه خوب که چی حالا از چی بترسم چند ساعت پیش از ندیدنش ترسیدم

الانم می‌ترسم دارم پیچیده در زندگی سُر می‌خورم سرازیر می‌شم اصلان بیا به این‌ها بگو که من در این دنیای به یقین متعارف اونا نمی‌گنجم بیا به این‌ها بگو که در زندگی من چیزی نیست به جز زنده گی...

صدای چکیدن چکه‌های دارو به داخل رگ‌هایم بلند و بلندتر می‌شود. رگ دستم متورم شده و پوست دستم سرد و سفت و رنگ پریده به نظر می‌رسد. رنگ سبز دیوار هم به من آرامش نمی‌دهد. پرده‌ی سفیدی من را از دیگران جدا کرده است. من را تنها گذاشته‌اند تا فشارم پایین بیاید. دلم می‌خواهد که پرده را کنار بزنم، نمی‌خواهم تنها بمانم. اصلان، رنگ دیوارهای اتاق بیمارستان تو سفید بود و پرده‌ای هم تو را از دیگران جدا نکرده بود. روزی که تَپاک و تَپیدن قلبت شروع شد، تنها نبودی، من بودم. کنار تو، سردی میله‌های فولادی تخت بیمارستانت را با تو پرواسیدم. هر لحظه‌اش را با تو بودم... *اگه بفهمن خیلی بد می‌شه فکر می‌کنن داریم فرار می‌کنیم اگه لباس بیمارستان اصلان رو ببینن خیلی بد می‌شه سه روزه که بالای سرشم همش غر می‌زنه از کجا کتاب بیارم فیلم قورباغه‌ها رو اصلان خودش انتخاب کرده دارم خفه می‌شم همش توش قورباغه ست اصلان دستشو می‌زاره روی قلبش درد داره باید ببرمش بیمارستان بوی بخش اورژانس داره خفم می‌کنه اصلانو نمی‌خوام تنها بذارم دو روزه که حموم نکرده تو بیمارستان نمی‌خواد دوش بگیره هر چی لوله‌ی سِرُم هست باز می‌کنه تو تختش بند نمی‌شه از جلوی نگهبان رد می‌شیم دم در خونه‌ش وایمیستم کسی نمی‌فهمه موهاش خیسه حالا دوباره چه جوری برگردیم بیمارستان اگه ببینن خیلی بد می‌شه فردا هم سر کار نمی‌رم نمی‌تونم تنهاش بذارم نه تنهاش نمی‌ذارم...* سرنگ‌های باریک خون بار دیگر پُر می‌شوند و فشار خونم فشرده می‌شود. دوباره صدای دکتر است که به گوشم می‌رسد: «اگر بدونیم که عملت خود خواسته نبوده، می‌تونی بری.» *...خود خواسته یعنی چی هر چیز در جای خود یعنی چی ایرج بدون اجازه‌ی من وارد می‌شه حق یعنی چی خودخواسته*

*می‌خوام مورد قضاوت ناعادلانه قرار نگیرم نمی‌شه من جنون زده‌ام یا اون هیچوقت هیچی سر جای خودش نیست حالم داره به هم می‌ریزه اینا اونا همه برا یه تیکه نون همدیگه رو هل می‌دن اصلان می‌خواد تولید کنه می‌خواد تنها باشه هر جمله‌اش با کلمه‌ی شک شروع می‌شه هیچی واقعی نیست یه چیزی می‌گذره که قابل دیدن نیست من می‌بینم خودخواسته یعنی چی توی تنش حلول می‌کنم کیه نمی‌دونم تمام لحظه‌های مُردنش رو باهاش تجربه می‌کنم باهاش درد می‌کشم نمی‌ترسم اونم نمی‌ترسه با تمام دردی که می‌کشه یه حس آرامشی داره آخرش می‌فهمه هیچی وجود نداره تمام خاطراتش رو باهاش مرور می‌کنم بعدش می‌میره از کی می‌تونم کمک بگیرم به کی می‌تونم این چیزا رو بگم اصلان فکرمو می‌خونه وحشت می‌کنه خودخواسته ثابت نمی‌کنم چیزی رو که می‌دونم ثابت کردن نداره چطور می‌تونه داشته باشه از قانون با من حرف نزنین قانونی وجود نداره اعتماد یعنی چی هیچی واقعی نیست هیچی وجود نداره نه هیچی نیست یه کسی یا یه چیزی داره با ما بازی می‌کنه هیچی معنی نداره حتا هیچ بودن یا همه چیز بودن بی‌معنی بودن هم معنی نداره شناختن اون کسی هم که داره با ما بازی می‌کنه معنی نداره خوب که چی تازه هم بفهمیم حالم داره به هم می‌ریزه می‌خوام مچاله بشم می‌خوام در هم فروبرم و فشرده و له و لورده بشم نه هیچی نیست حتا خود هیچ بودن هم نیست سرم داره گیج می‌ره از چرخش این همه هر چیزی که هست*خوب که چی سینه جلو می‌دی می‌پرسی خودخواسته *چی تا به حال خودخواسته بوده دلم می‌خواد برم نون بخرم می‌خوام تنهایی برم نمی‌خوام حواسم به ساعت باشه ازم می‌پرسه خودخواسته یه میلیون کتاب خونده بعدش می‌گه من جنون زده شدم حالم داره به هم می‌ریزه بوی گوشت خام می‌ده چطور از من می‌پرسه خودخواسته ست یا نه بوی خودش رو نمی‌شنوه می‌خوام نه سر به تن من باشه نه اون...* دکتر به دلایل قانونی وادارم می‌کند که بودنم را

در بیمارستان به کسی اطلاع بدهم. باز به تو تلفن می‌کنند و هنوز صدایت بسته است.

اصلان، وقتی که عقرب به بن بست می‌رسد و یا توی آتش محصور می‌شود، دُم خود را بر بالای سرش می‌برد و نیش را درون سرش فرو می‌کند. می‌گویند که با این کار دارد خودکشی می‌کند. نه! عقرب با نیش زدن به اطراف می‌خواهد از خودش دفاع کند. وقتی از بُن در رو ندارد به همه چیز نیش می‌زند، به آتش نیش می‌زند و به خودش.

~~~

دست به گریبان یقه‌ی آهار زده‌ی خودش بود. در جواب نگاه پرسش آمیزم گفت: «نمی‌تونم به درس شما گوش بدم. روزی که این پیرهنو گرفتم باریک‌تر بودم ولی الان از تنگی یخه‌ی این پیرهن دارم خفقان می‌گیرم.»

با خودم فکر کردم: «گریبان گیری و تمنی گریز زدن بود که منو به این شهرک ساحلی آورد.»

آن شب، آب گلاب پاش می‌تراوید و گل محبوبه‌ی شب من رایحه‌ی شیرین و تند خودش را به اطرف می‌پراکند. زنگ زدی. حالم را پرسیدی و حالت را پرسیدم. گفتم: «اصلان، هفته‌ی دیگه فستیوال فیلم‌های ایرانی دوباره شروع می‌شه. بیا روز جمعه بریم فیلم *تهران انار ندارد*.»

گفتی: «نه، نمی‌تونم.»

گفتم: «چرا نمی‌تونی؟»

گفتی: «اون فیلم را نمی‌تونم.»

گفتم: «اون فیلم جزو بهترین فیلم‌های فستیواله. فقط هم یک شب نشون می‌دن.»
~~~

گفتی: «به غمزه قول دادم که اون فیلم رو با اون برم. یک فیلم دیگه رو انتخاب کن.»

راه نفس آب گلاب پاش با شنیدن اسم غمزه فشرده شد و نفس *محبوبه‌ی شب* من بند آمد. چقدر راحت اسم غمزه را بر زبان آوردی!

ناخن شَستم را با فشار هر چه تمام‌تر فرو کردم توی انگشت سبابه‌ام و دوباره گفتم: «اصلان، من می‌خوام فیلم *تهران انار ندارد* رو ببینم.»

گفتی: «ترلان، گفتم که نمی‌شه. اون مال غمزه است.»

دیگر چیزی نگفتی و چیزی نپرسیدم.

این اولین بار بود که اسم غمزه را می‌شنیدم. در طول یکسال گذشته، هیچوقت نشده بود که بدون من جایی بروی. حالا بدون من... با غمزه... مال غمزه؟... غمزه کی بود؟

سه روز بعد به کلاست آمدم و شاگردانت همه رفته بودند. باز لیست فیلم‌ها را گذاشتم جلویت و گفتم: «اصلان، روز جمعه فیلم ساعت هفت شروع می‌شه و...»

فرصت ندادی که حرفم را تمام کنم و گفتی: «ترلان، گفتم که اون روز نمی‌تونم.»

گفتم: «من می‌خوام اون فیلم رو ببینم!»

گفتی: «اون فیلم رو به غمزه قول دادم و هیچ بر و برگشت هم نداره.»

گفتم: «اصلان، چطور می‌تونی؟ یکسال با هم بودیم و رفتیم و آمدیم و بدون من هیچوقت دلت نمی‌اومد، حالا چطور می‌تونی؟»

گفتی: «جای بحث نداره. قول من به غمزه سر جاشه.»

این همه اصرار برای نشکستن قولت برای چی بود؟ باز هم از تو نپرسیدم و تو هم نگفتی که این تازه وارد از کجا آمد و کی بود. نپرسیدم. با شناخت من از تو، می‌دانستم که تعادل ارادی خودت را از دست خواهی داد. همیشه در این مواقع

بود که در خودت فرو می‌رفتی و با کسی حرف نمی‌زدی. هیچ‌وقت دوست نداشتی کسی تو را زیر سوال ببرد. همیشه می‌گفتی: «همینه که هست!»
اصلان، اولین باری را که تو را زیر سوال بردم، نه، هشدار دادم، به یاد می‌آوری؟ من رفته بودم ایران. شب یلدا بود. برای من پیامی فرستادی که نوشته بودی:

«داره بارون می‌باره. دلم خیلی تنگه. در این روزها و شب‌های غم انگیز حالت افسرده گی به من دست میده. گاهی اوقات، احساس می‌کنم خیلی تنهام. چند بار وسوسه شدم که با یکی از دختران کلاسم تماس بگیرم. به هر حال تا این لحظه نکرده‌ام. مثل هر قراردادی یک رابطه‌ی احساسی با یه شاگرد یا هر زنی عواقبی بدنبال خودش دارد. هر زنی منظوری برای نزدیک شدن دارد. من می‌خواهم آزاد باشم. من می‌خواهم میمون باشم و مثل یک میمون بپرم بالا و پایین و صدای میمون در بیارم.»

در آن لحظه بود که فکر کردم عقلت پاره سنگ می‌برد ولی بعد گریه‌ام گرفت. چطور می‌توانستی؟ تو که همیشه سنگ اخلاقی بودن را به سینه می‌زنی، چطور می‌توانستی. با یکی از «دختران»؟

در جواب پیامت نوشتم: «از جاغلان کلاست دوری کن و شیطانی نکن!» جواب من حالت را به هم زد و جواب دادی: «من مودبانه تقاضای چند تا از دختران، یا به قول تو جاغلان، کلاسم رو برای شب یلدا رد کردم ولی اگر حال و حوصله‌اش را داشتم، حتمن قبول می‌کردم. چرا نه؟ با در نظر گرفتن آخرین حرف تو که نوشته بودی شیطانی نکن باید بگم که طبیعت شورشی من در برابر هر گونه محدودیت و ممنوعیت در شناور بودن و آزادی عاطفی و ذهنی و فکری طغیان می‌کنه و روح من سرکش‌تر می‌شود و منو به سوی منفجر شدن می‌بره.»

بعد از آن پیام دیگر نه از تو چیزی پرسیدم و نه هشداری دادم. بعد از آن روز بود که بودن من و تو روزه‌ی سکوت به خودش گرفت. شاید برای همین بود که

وقتی پرسیدی: «پس غرور وُ شخصییتِ من چی می‌شه؟ چطور آنهمه اندیشه و حرفِ انسان مداری، رعایت و غمِ دیگران از تو سَربَر می‌آورد ولی وقتی به من می‌رسد همه دود می‌شود می‌رود هوا؟» جواب تو را ندادم.

روز جمعه، جهنم دره‌ی تصورات تنگ و پر بار من از قرار تو و غمزه بود. درخیال پروریدن خودم، فکر می‌کردم:

«غمزه می‌ره حموم، موهاشو می‌شوره، لباسی رو که دوست داره می‌پوشه، با کِش و فِش آرایش می‌کنه، و بدون اینکه بدونه اصلان از عطر متنفره، عطر دلخواه خودشو می‌زنه. عطرش حتمن تنده. پر از امیده. غمزه جوانه و اصلان یک نویسنده است و شاعر. بیرون ازخونه، همیشه پر از احساس و مهربانیه. با حس خوبی که از اصلان می‌گیره نمی‌تونه پیش بینی کلافگی خودش رو در رابطه با استادش بکنه. اصلان هم حموم می‌کنه و به احتمال قوی پیرهن سیاهی رو که بهش می‌آد می‌پوشه. باید مرتب باشه. اشراف زاده‌ای که با وسواس همیشه باید مرتب باشه. شاید قبل از فیلم برن شام، شاید هم بعدش برن. شاید بعد از فیلم برن برای شراب... و بعد از آن شاید....»

اینجا بود که دروازه‌ی حسادت و گمان پریشی خودم را بستم و به آقای «ج» تلفن کردم و در ناباوری پیشنهاد کار در شهرک ساحلی را قبول کردم.

~~~

به آرامی وارد کلاس شد. بار کتاب‌هایش در کیف چرخدار قهوه‌ای رنگی به دنبالش کشیده می‌شد. برای لحظه‌ای کنار میزش ایستاد و به صندلی‌های خالی نگاه کرد. ساعت هفت و هفت دقیقه بود. سنگینی بار کیف چرمی‌اش را روی میز خالی کرد. ورقه‌هایی را از پاکت زرد رنگی در آورد و به ترتیب روی میز چید. با جعبه‌ی مات سفید رنگی به طرف تخته رفت. قلم ماژیک آبی رنگی را برداشت و روی تخته نوشت: «زاویه‌ی دید.»
~~~

به ساعت نگاه کرد. عقربه‌ی آونگان ساعت روی هفت و بیست دقیقه مکث کرده بود. صدای باز وبسته شدن در می‌آمد و صدای جابجا شدن نیمکت‌ها. دوباره نوشت: «چه کسی داستان را روایت می‌کند؟»

صدای زمزمه‌ی شاگردان بلند و بلندتر می‌شد. سرش را برنگرداند، حتا برای یک لحظه. آخرین جمله را هم نوشت: «داستان چگونه روایت می‌شود؟»

وارد دایره‌ی بسته‌ی نیمکت‌ها شد و نشست. برای چند لحظه‌ای، به شاگردان خیره نگاه کرد. ساکت شدند. پرسید: «خوب، داستان چطور بود؟»

– «تا آخرش رو خوندم ولی نفهمیدم کی، کی بود؟»

– «داستان هیچ ترتیبی نداشت!»

– «راوی داستان معلوم نبود که کی بود. همش گفت و گفتی و گفتم بود، من که نفهمیدم کی چی گفت.»

– «داستان به نظر قشنگ بود ولی همش می‌پرید از یه شخصیت به یه شخصیت دیگه، من که نفهمیدم اون دو تا زن یکی بودن یا نه؟»

– «داستان اصلن تمام نشد. معلوم نشد که آخرش چی شد؟»

اصلان لبخندی زد و گفت: «خوب، معلومه که داستان رو خوندید.»

غمزه گفت: «آقای...، راوی، دانای کل بود. همه جا حضور داشت و...»

صدای خنده‌ی پسری بلند شد. گفت: «منم می‌تونستم اینو بگم حتا اگه داستان رو نخونده بودم. خوندن جزوه‌ها که کاری نداشت.»

اصلان گفت: «خوب دیگه بسه. حالا با هم می‌خونیم و تجزیه و تحلیل می‌کنیم. علی تو شروع کن.»

با طنین صدای علی، کلاس در سکوتی فرو رفت. اصلان بلند شد و شروع کرد به قدم زدن. از کنار غمزه رد شد... *چرا این لباسو پوشیده تا به حال لباس یکسره نپوشیده بود جلوش خیلی بازه اصلن مناسب کلاس نیست چی فکر می‌کنه*... از پشت به شاگردان نگاه می‌کرد. از کنار پسری رد شد. دست به

شانه‌اش زد. پسر پنهانش کرد، هر چه که بود. اصلان، برگشت و روی صندلی خودش نشست و گفت: «تیام، حالا صفحه‌ی بعدی رو تو ادامه بده. بخون!» با شنیدن صدای شمرده‌ی تیام، اصلان سرش را به طرف کتابش خم کرد... *حواسم نیست نباید می‌اومدم باید تعطیل می‌کردم چطور ترلان رو ندیدم که بره تو کلاسش چرا من هیچ چیزی رو اون طوری که ترلان به یاد می‌آره به خاطر نمی‌آرم الان یادم نمی‌آد راوی دانای کل هوشیاره از همه‌ی ماجراها و افکار و خیالات با خبره چرا در لحظه‌ی آخر نرفتم غمزه هم مثل بقیه‌ی دخترای کلاس چی می‌دونم یه علاقه ای داره دانای کل آگاهه افکار و احساسات شخصیت هاشو محک می‌زنه چرا یادم نمی‌آد اصلن من چه اهمیتی می‌دم خود ترلان چی اون جوونک توی کلاسش چی چرا همیشه باهاشه حالا چرا چسبیده به غمزه این مُهملاتو از کجا می‌آره غمزه فقط از من خواهش می‌کنه برای تشویق برنامه‌ی فرهنگیه فقط برای یه شب نه چیز دیگه‌ای اون فیلم اسمش چیه فکر می‌کنم پنج یا شش تا از شاگردای دیگه هم می‌آن اون حالت‌هایی که ترلان توصیف می‌کنه همه و همه ساخته‌ی تخیل خودشه راوی خودآگاه قضاوت نمی‌کنه چرا ترلان اصرار می‌کنه اون فیلمو ببینه یادم نمی‌آد چرا ازش نمی‌خوام با ما بیاد چرا نمی‌دونم یادم نمی‌آد این روحیه اونه هیچ وقت نمی‌تونم از پسِ اون دربیام نمی‌تونم پیچیدگی‌هاشو باز شکافی کنم نمی‌ذاره به یه درکِ مشترکی برسیم سعی می‌کنم ولی موفق نمی‌شم*... اصلان به طرف تخته رفت و به دیوار تکیه داد. به حالت گوش دادن شاگردان نگاه می‌کرد... *اصلن در شأن من نیست غمزه برای من مطرح نیست نیم ساعت زودتر آمده توی کلاس چی فکر می‌کنه ردش می‌کنم اونم با اوقات تلخی*... خوانش تیام به پایان رسید. اصلان سرش را بلند کرد و نگاهش از خیرگی نگاه غمزه رد شد و گفت: «خوب، تا همین جا بسه. حالا کی می‌تونه بگه این داستان چگونه روایت شد؟»

~~~
~~~

ترلان می‌نوشت که نوشته باشد:

ایرج، اصلان بارها و بارها از من پرسیده بود: «از پیش پیش، قبل از اینکه همدیگر رو ببینیم، کجا بود که اولین بار منو حس کردی؟ از پیش پیش، کی صدام کرده بودی؟ پیش‌تر از اولین بار، کجا دیده بودمت؟»

ایرج، کجا بود که اولین بار غمزه را دید؟ نوای زود رنج تیک تیک ساعت و رقص عقربه‌های نحیف کدام روز بود؟ نماد رسیدن و درآمدن و وارد شدن یک تازه وارد، کِی بود؟ کجا بود؟ بدایت ندیده انگاشته شدن من چه روزی بود؟ تصمیم تو بود؟ تو بازی گردان نخهای نازک این خیمه شب بازی بودی؟

~~~
~~~

«کَراشیدَن»

باید ساعت سه صبح باشد. وقت مرخص شدن است. لباسم را می‌پوشم. ورقه‌های تعهد نامه بیمارستان را امضا می‌کنم. بی‌رمق و باز زباله بدست بطرف تاکسی‌ای که بیرونِ در منتظر است، می‌روم. به راننده‌ی تاکسی نگاه می‌کنم و با تردید از او می‌پرسم: «کارت اعتباری قبول می‌کنید؟» نگاهم می‌کند و می‌گوید: «فقط نقد قبول می‌کنم.» پول نقد به اندازه کافی ندارم. پیاده به راه می‌افتم. بعد از لحظه‌ای صدایم می‌کند و می‌گوید: «نه کارت اعتباری می‌خوام و نه نقد.» با گریه سوار می‌شوم. جلوی کوچه پیاده‌ام می‌کند. این صبح سحر، شیب راه ورودی بلندتر از قبل به نظر می‌رسد. نای قدم برداشتن ندارم. زیر باران در سکوت خوابناک کوچه از راه پله‌های خیس بالا می‌روم، قفل در را باز می‌کنم، و وارد می‌شوم. چراغ‌ها هنوز روشن هستند.

دوباره از اتاقی به اتاقی دیگر می‌روم. دنبال نشانه‌ای از تو می‌گردم. در شکاف را باز می‌کنم. لباس‌های تو هنوز در حالت تعلیق آویزانند. ژاکت دست بافت تو را که در حالت خمیده روی صندلی جا مانده است به تن می‌کنم و بوی تو را از اتاقی به اتاقی دیگر می‌کشانم... *مثل گرد باد داره توی اتاق‌ها می‌گرده در ایوانچه رو باز می‌کنه پسمانده‌ی چای دیشب رو توی گلدان‌های پرتقال و انار خالی می‌کنه چی بپوشم داره دیرم می‌شه کاش نمی‌رفتم سر کار کاش می‌تونستم با اون خونه بمونم خوب کتری رو هر جور تمیز کنی بازم آهک می‌زنه چکار کنم باید موهامو سشوار کنم عکس‌های منو کجا گم کرد چای تازه می‌چسبه چه خوب بود اون روزی که با هم رفتیم کنسرت چرا دیگه نمی‌ریم آسمون به زمین بیاد باید نون و پنیر و عسلش رو بخوره نون داره برشته می‌شه باید آرایش کنم بعد از سی و چند سال هنوز عکس‌های جفت‌های قبلی خودش رو داره عکس‌های منو کجا گم کرد الان می‌آم کاش ویتامینا رو به زور به خوردم نده*

چقدر دوست دارم وقتی منو خانومی صدا می‌کنه عسل نمی‌خوام چای پر رنگ چه بوی خوبی داره کاش گل‌ها رو الان آب نمی‌داد من باید برم چند لحظه هم چند لحظه ست عکس‌های منو کجا گم کرد ...

توفان شدیدی شروع شده است. دل پنجره‌ها از صدای تندر و بانگ ابر می‌گیرد و سکوت اتاق برای تویی که نیستی کبود می‌شود. اصلان، کجایی؟ ای وای! ای وای! بیا ببین من شدم مریم دیوانه... *از جلوش رد می‌شم قدمامو تندتر می‌کنم یه زن چادری وای می‌سته پول می‌زاره جلوش می‌گه ای روزگار ای روزگار توی پیاده رو پتو پهن کرده کنار نرده‌های دادگستری نشسته داره می‌خنده داره آواز می‌خونه زنه می‌گه اسمش مریم دیوونه ست همیشه می‌خنده بلند بلند آواز می‌خونه زنه می‌گه مریم طرد شده ست از خونواده‌ی خیلی پولداری بود یک روز عاشق می‌شه پسره پول نداشت به سیم آخر می‌زنن و فرار می‌کنن کجا می‌رن چی می‌گذره کسی نمی‌دونه فقط مریم می‌ره مریم دیوونه تنها برمی‌گرده از اون موقع تا به حال فقط می‌خنده آواز می‌خونه نه نمی‌خوام نه من هیچوقت عاشق نمی‌شم من هیچوقت مریم دیوونه نمی‌شم هیچوقت به سیم آخر نمی‌زنم چرا حالا داره گریه می‌کنه داره با گریه می‌خونه من چوم برایم وعَدَه بَدابی بَیای من تی اینتظارم من چوم برایم می‌دیل بی‌قراره من چوم برایم کی آیی...*

~~~

قرارم با گروهی از شاگردانم برای رفتن به فستیوال فیلم‌های ایرانی بود. به تو زنگ زدم که به ما ملحق بشوی. جواب ندادی. بعد از چند دقیقه به من تلفن کردی و گفتی که صدای تلفن را نشنیدی ولی حس شِشُمت بهت گفت که آن روز به تو زنگ می‌زنم!

برای قهوه آمدی و روبروی من نشستی. بنظر می‌آمد که من را نگاه می‌کردی و می‌دیدی.
~~~

چسبیده به تو نشستم و گفتم: «اصلان، یه کار تازه گرفتم.»

با خوشحالی نگاهم کردی و گفتی: «کجا؟»

گفتم: «یه جای دور... اگه بهت بگم دیگه با من حرف نمی‌زنی.»

گفتی: «یه جای دور؟ کجا کار گرفتی؟»

گفتم: «دارم می‌رم شمال... دارم می‌رم به اون شهرک ساحلی...»

گفتی: «اونجا؟ چرا اونجا؟ این همه جا و تو حتمن باید بری اونجا؟ کِی می‌ری؟»

گفتم: «سه هفته دیگه.»

چند دقیقه در سکوت گذشت. جای تو در صندلی تکان سختی خورد و خالی شد. دست‌هایت به درون جیب‌های شلوارت فرو رفتند. قدم‌هایت از من دور می‌شدند که ازت خواستم برگردی و بنشینی. انتظار این واکنش را نداشتم. بعد از یک سال با تو بودن و پس خوردن و وارد شدن غمزه، انتظار داشتم بی‌تفاوت باشی. آن روز نمی‌دانستم که آن لحظه برای تو، واقعیت از دست دادن من بود.

گفتی: «ترلان، اگه بری، پسرت چی می‌شه؟ خونه چی؟...»

گفتم: «همه چیز و همه کس رو می‌ذارم و می‌رم.»

گفتی: «کی بر می‌گردی؟»

گفتم: «کی بر می‌گردم؟ نمی‌دونم.»

گفتی: «نمی‌دونی؟ چرا؟ چرا می‌ری؟»

گفتم: «اصلان، بیا با من بریم.»

گفتی: «چرا می‌ری؟»

گفتم: «اونجا یک جای تازه ست، بهترین امکانات درس دادن رو داره، شهرکیه پر از آدم‌های مختلف و جالب. برای من یک شروع تازه ست دور از تمام دور و بری هام. بیا با من بریم. هر جاش که بری می‌تونی جای پای گذشته‌ی غنی این شهر رو ببینی و حس کنی. حس پا برهنه قدم زدن روی شن‌های ساحل، بالا

رفتن از اون صخره‌های سرسختِ هنوز پا بر جا، بوییدن گل‌های وحشی در دامنه‌ی کوه‌های جنگلی، حلقه زدن دور درختان صنوبر غول پیکر، تماشا کردن پرنده‌های رنگ و وارنگ در امتداد صخره‌های سنگی دریا، دیدن شاه پروانه‌های ظریف نارنجی و سیاهی که مثل یه قالی ابریشمی روی چمن‌ها رو می‌پوشونن... اصلان، بیا با من همه‌ی اونا رو حس کنیم.»

گفتی: «ترلان، با همه‌ی این چیزها که گفتی... نمی‌دونم چیه؟ یه چیزی یا چیزهایی توی اون شهر درست نیست. نمی‌دونم ولی بهت فقط شش ماه فرصت می‌دم تا بر گردی. همین.»

و بعد سکوت بود و نگاه پر از پرسش تو. می‌خواستی چیزی بپرسی. نپرسیدی.

بدون کلامی وارد سینما شدیم و از سرسرای شیشه‌ایی که قصه‌ی هر واقعه‌ای را بخاطر سپرده بود، گذشتیم. دوباره روی همان صندلی‌های قرمز نشستیم. این بار، فقط من بودم و تو. کنار من نشستی و سرت را روی شانه من گذاشتی. در لحظه‌ی آرامیدن تو، نه می‌خواستم به رفتن فکر کنم و نه به جدایی، ولی هجوم خاطرات من و تو و آمدن تو و غمزه به همان مکان و شاید همان صندلی، یک هفته پیش‌تر نفس من را بند می‌آورد. در آن لحظه ای که بودیم دلم می‌خواست به من بگویی که نروم. کاش از من می‌خواستی. کاش می‌توانستم به تو بگویم که نمی‌خواهم بروم. کاش از حس خودم نسبت به تو نترسیده بودم. کاش به زندگی خودم نیش نزده بودم.

وقتی زنبور کارگر از چیزی می‌ترسد و یا گیج می‌شود با خارش نیش می‌زند. نیش گیر می‌کند و کیسه‌ی زهرش از زنبور جدا می‌شود و پس از چند دقیقه زنبوری که نیش زده می‌میرد.

~~~
~~~

همه جا بوی شیرینی تازه پیچیده بود و بوی شیر قهوه‌ی غلیظ، و پودر دارچین روی کف شیر. فنجان کاپوچینو و بشقاب کیک توت فرنگی را به طرف خودش کشید. چنگال به نرمی در کیک فرو می‌رفت که نگاهش از پنجره‌ی سرتاسری شیرینی فروشی رد شد و روی مردی لنگر انداخت. اصلان نابگه از جایش بلند شد و با شتاب به طرف پیشخوان کافه رفت. از زنی که پشت آن ایستاده بود، یک ظرف پلاستیکی خواست. برگشت و ظرف را از باقی مانده‌ی تخم مرغ و سیب زمینی سرخ کرده و نان گندم پر کرد. چهار نخ هم سیگار برداشت. دوباره به طرف پیشخوان رفت و یک قهوه‌ی تازه دم و یک تکه کیک سیب خرید و از در بیرون رفت. ترلان نگاه نمی‌کرد. با رفتن اصلان، بشقاب کیک را از خودش دور کرد و با قلم سیاهی روی دستمال کاغذی نقش اندازی کرد. یک دایره‌ی شکسته کشیده بود.

اصلان، دوباره آرام وارد شد و در سکوت کنار ترلان نشست. بعد از چند لحظه‌ای بلند شد و صندلی‌اش را جابجا کرد و چسباند به صندلی ترلان... *واقعن قصد رفتن داره چرا باید زیر دلم خالی بشه چرا باید اون جا بره*... دوباره نگاهش روی مرد افتاد. با دست غذا می‌خورد. اصلان گفت: «ای وای! یادم رفت... کارد و چنگال یادم رفت.» بلند شده بود که ترلان گفت: «الان دیگه دیره. نکن!» نشست. اصلان سرش را بین دو دست خودش گرفت و به دستمال کاغذی که روی میز بود، خیره شد... *مثل موجی از اضطراب می‌آد و می‌ره یک چیزی مثل بختک به جانم افتاده انسان فراموش شده کِی کجا چطور با مفهومی از رنج دیگری بُرخوردن همینه تمام روز و شب فقط فکر ترلان از ذهنم می‌گذره و بعد اون مرد داره با دست غذا می‌خوره اون مرد در زندگیش کجا وایستاده من کجا وایستادم خوب که چی ترلان داره می‌ره چرا از خودم عصبانیم چرا باید زیر دلم خالی بشه منی که می‌خوام تنها باشم منی که طبیعتم در قاب محدودیت نمی‌گنجه منی که از دست دادن فردیت و سیلان عاطفی و ذهنی و فکریم چیزی*

جز خاموشیم نیست من با تنهایی ذاتیم چطور ترلان می‌تونه همه کس و همه چیز رو ول کنه چرا اون شهر چطور از من می‌خواد که با اون برم چرا به جایی که باورها و اعتقادات من رو نفی می‌کنه با اون چرا باید به جایی برم که حداقل بخشی از علت وجودیش نفی و سرکوب کردن اعمال و رفتار و انتظارات افراد آزاده ای یه که همه چیز را زیر سوال می‌برن شهرکی پر از آدم‌های مختلف و جالب می‌تونه همه‌ی این‌ها بهانه‌هایی باشه برایِ هوس‌های سیراب نشده که آخر سر هم به هرزه گی می‌کشه داره می‌ره پس من چی بودم در این وسط یا هستم حساب پس اندازِش...

~~~

ترلان می‌نوشت که نوشته باشد:

ایرج، بیاد ندارم چطور خودم را بالا کشیده بودم. نشسته بودم، درست روی باقی مانده‌ی همان دیوار سنگی‌ای که فرو ریخته بود، چند صد سال پیشتر. زمین لرزیده بود و حصار مقدس معبدی که بود، روی عَبدِعَبید فرو ریخته بود. درست همان جا بود، زیر همان پاریزه‌ها بود که او با شنل بلند سرخ رنگش فرو رفته بود. درست کنار همان دیوار بود که گرد و خاک بلند شده بود و او جا گذاشته بود، نگاهی را که یادگاری از دیده‌ها و شنیده‌های گذشته بود. گفته بودند با مویی که زردی تابش خورشید و لطافت ابریشم را نداشت، دختر جوانی بود که عاشق نقاشی بود. دختر در طلب وصال، می‌خواست بطرف آزادی کوچ کنند ولی مرد جوان نخواست. مهجور، درانتظار او به تعلیق تن داد. یک روز زمستانی، وقتی که دختر جوان شمع بدست جلوتر از همه برای نیایش بطرف کلیسا می‌رفت، لرزش بزرگی زمین معبد را شِکافید. دامن فراخ آتش بود که به آغوش گرفته بود، همه کس و همه چیز را. دختر جوان در آرزوی پیوندِ به تعلیق افتاده و با تبِ حسرت، برای آخرین بار به پاره‌ی جانش نگاه کرده بود و شمع بدست زیر آوار فرو رفته
~~~

بود. سال‌های سال پس از آن بود که دیده بودند، آغشته به لکه‌های خشکیده‌ی خون، هنوز آن دختر جوان چشم به راه بود. دیده بودند، حضور باقی مانده‌ی او را که در نامتناهی جا مانده بود. همانطور که تو جا ماندی.

کنار همان دیوار بود که نشسته بودم. همان جا بود که اصلان برای اولین بار از من عکس گرفته بود. در عکس، تیزی کفش من با اعتماد به نفس وغرور خودش، هنوز ندیده بود، هاله‌ی قرمز رنگی را که سایه انداخته بود، درست بالای سرم.

ایرج، هنوز تصویر محو من توی عکس رنگ نگرفته بود که اصلان شروع کرد. بریده بریده صدایش را می‌شنیدم که می‌گفت: «برایِ هوس‌های سیراب نشده... هرزه گی... حساب پس اندازِ عاطفی...»

ایستادم روبروی همان عکس. تصویر پاره پاره‌ای شده بود که روی قفسه‌ی کتاب اصلان به تعلیق تن داده بود. نگاه کردم و این بار ندیدم، حس بلند پروازانه و احترامی را که زمانی بود. در خمیدگی تیز آن کفش دیگر ندیدم، اعتماد به نفس و غروری را که زمانی بود. شمع به دست نبودم ولی زمین لرزیده بود و من فرو پاشیده بودم. انگار باز از بخت یاری من نبود که زیر آوار دیده‌ها و شنیده‌ها فرو روم.

~~~
~~~

«پَرواسیدَن»

ساعت هشت صبح است. هنوز بیست و چهار ساعت هم از دیروز نگذشته است. ریزش باران بند آمده است و بازتاب آفتاب روی نوشته‌های پراکنده‌ی روی میز می‌درخشد. برق برگشته ولی صدای تو هنوز بسته است. هنوز تمام تنم می‌سوزد و نای راه رفتن ندارم. با صدای قل قل سماور و چای تازه‌ی دم کرده آرام می‌گیرم... *اصلان چشماشو بسته داره به صدای قل قل سماور گوش می‌ده نباید سر و صدا کنم شاید اینجوری خوابش ببره شاید بوی تاس کبابه که نمی‌ذاره اون بخوابه سرش رو بلند کرده نمی‌دونم چرا داره منو این جوری نگاه می‌کنه یاد مادرش افتاده می‌گه اونو می‌بره به گذشته‌ی دور و دور صدای قل قل سماور می‌آد مادرش جوونه لباس خونه پوشیده خونه بوی استانبولی پلو می‌ده بدون اینک آدم بفهمه همچین روزای معمولی‌ایه که توی خاطر آدم می‌مونه روزایی که بی‌معنی بنظر می‌رسن لحظه‌هایی که انگار آدم در حال گذاره منتظر یه چیزیه لحظه‌هایی که هیچ وقت هیچ اتفاقی نمی‌افته فقط بوی دم کردن پلو می‌ده و صدای دمپایی که خودشو از یه اتاق به یه اتاق دیگه می‌کشونه می‌دونم توی این لحظه که هستم الان می‌دونم که فقط همینه چطور مادر من یا اون نمی‌دونستن چرا هیچوقت کسی به آدم نمی‌گفت که فقط همینه فقط همین چیزا می‌مونه اصلان هم همین حالا نمی‌دونه که این لحظه می‌مونه صدای قل قل می‌مونه بوی تاس کباب هم می‌مونه*... دو باره ژاکت تو را می‌پوشم و با نوشته‌های مکتوب شده‌ی شب قبل باز به سرمای ایوانچه‌ی کوچکم پناه می‌برم.

در مهتابی، من هستم و درختچه‌های پرتقال و اناری که سال پیش برای من آورده بودی و سنگ‌هایی که با هم در ساحل پیدا کرده بودیم. مقاوم در برابر سرما، درختچه‌ی همیشه سبز پرتقال شکوفه داده است. درختک انار هم با تحمل کمرشکنی رشد کرده، ولی هنوز میوه نداده است. اگر هم بار داده بود، میوه‌هایش

با ریزش تند و پیاپی باران چند روز پیش حتمن ترک می‌خوردند. در غیاب تو، سنگ صخره نمای کنار پله‌های چوبی رنگ پریده، با رگه‌هایی لایه لایه شده از فرسایش، از من حراست می‌کند. روزی که این سنگ را کنار پله‌ها گذاشتی، گفتی: «با وجود نوکِ تیز این سنگ، هیچ کس جرات نمی‌کنه به تو آسیبی برسونه.»

کسی نیست که بتوانم سنگینی بار نگفته‌های خودم را روی دوشش خالی کنم. غم بار می‌گیرم. به درخت بنفش پوش نگاهی می‌کنم و با التماس می‌گویم: «اگر می‌تونستید به کسی که در حال فروپاشیدنه چیزی بگید، چی می‌گفتید؟»

می‌گوید: «می‌گفتیم که خودت را در مسیر هَنگاریدَن باد خم کن و در آشفتگی توفان سیر کن. زخم‌ها و رنجش‌ها را فراموش کن. با جان زخم فروخورده و روح هجران کشیده پایداری کن و نشکن.»

خسته و آزرده می‌گویم: «حق شکنی چی می‌شه؟»

سوگوار شاخه‌های شکسته‌اش، درخت بنفش پوش نوازش کنان دستی روی سر من می‌کشد و می‌گوید: «برگ‌هایم با رنگ سبز بهاری می‌آغازند و بعد با سایه روشن اخرایی رنگ پاییزی زیر پایم می‌تُرنَجند. روز برگریزان می‌شنوم، موییدن تک تک برگ‌های زرد جدا شده را. در پایان گم می‌کنم، سایه‌هایشان را روی غبار سنگ شده‌ی بسر رسیده.»

می‌گویم: «برای عریان در عریان کردن من، با بی‌عدالتی تک تک برگ هامو کند تا کلام حقیقتی رو که می‌خواست بشنوه. عریانی من رو در ذات کلمه پنهان دید. چیزی برای گفتن نداشتم. در آشفتگی توفان سیر کردم ولی خودم رو در مسیر باد خم نکردم.»

می‌گوید: «تو مرغ شباویزی هستی که برای مفهوم شدن حق در ویرانه‌ها آشیانه می‌کنی، تمام شب آویخته می‌شوی، و با فریاد تو تا صباح ابدیت، فقط از گلوی تو قطره خونی خواهد چکید و خاموشی.»

زیر سایه‌ی گل رز صورتی‌ای که بدون تو غنچه نمی‌دهد، دوباره پراکنده دلی خودم را به کلمه تبدیل می‌کنم و ساعت‌ها می‌نویسم و می‌نویسم.

~~~

روزدهشت انگیزی که مادرم فهمید آبستن نطفه‌ی من شده، شمشیر نیستی بلند کرد. وقت رسیدن و پیوستن من به دنیا نبود. وقتی آفتاب به اول سرطان رسید، از گره‌ای در باد بدنیا آمدم. مثل برف خونینی باریدم و فرو ریختم در بودن واز ریشه کنده نشدم. باز روزی که با برفی لغزنده به دره پرتاب شدم، از ریشه کنده نشدم. و باز روزی که گردن به شمشیر نیستی خودم خم کردم، با حس غریب و تنش خواستن و نخواستن، قرمز ماندم و از ریشه کنده نشدم.

درحکم و قضای ازل خودم چه نوشته بودم؟

اصلان، قبل از اینکه وارد زندگی من بشوی، چقدر همیشه اعتماد نکردن، حس نکردن دلبستگی به دیگران، و گریز از هر لحظه ایی که بوی عطر نرگس پیوند را می‌داد، برای من ذاتی بود.

اولین باری که از جلوی رستوران قدیمی هتل بزرگ شهر رد می‌شدم، می‌دانستم که باید بروم تو، ولی نه تنهایی. وقتی تو آمدی، تو را برای شام به آن رستوران بردم. از پله‌ها بالا رفتیم واز دری که فکر می‌کردیم در اصلی باشد، وارد شدیم. رستوران، بافت قدیمی یک کشتی را داشت، با دیوارهایی سرتاسر از چوب گردو و پنجره‌های آذینی گرد.

با خوش آمد فضای گسترده و کم نور رستوران و شمع‌های رامشگر روی میزها مکثی کردیم تا شاید میزبانی به طرف ما بیاید. کسی نبود. من و تو شروع کردیم به نگاه کردن نقاشی‌های روی دیوار. بدون هیچ سایه روشنی ای، ماهیگیرانی در میان رنگ‌های لخته شده و تابناک و لرزش نور خورشید، روی پرده نقاشی ریخته شده بودند. محو تماشای کتاب‌های کنار شومینه شده بودی که از تو دور شدم. از

کنار یک فضای ظریف منزوی که به انگارم یک غذاخوری شیشه‌ای خصوصی بود، گذشتم. به پنجره‌های بلندی که با سقف پیوند خورده بودند، پشت کردم و روی دومین میز کنار در نشستم. دو تا میز دورتر، با موهای کوتاه و لباس توری نازک ابریشمی که به رنگ بژ یا خاکستری کم رنگ بود، نشسته بود و من را با ملالت نگاه می‌کرد. چرا متوجه‌ی ورودش نشدم؟ روی میزش فقط یک جفت دستکش توری بود. نگاهش حس آشنایی داشت.

برگشتی، پیشانی من را بوسیدی، و بعد کنارم نشستی. سنگینی نگاه پُر معنی تو را روی خودم حس کردم.

گفتم: «چرا اینجا جز ما سه نفر کسی نیست؟»

گفتی: «منظورت به جز ما چهار نفر کسی نیست؟»

گفتم: «کدوم چهار نفر؟ منظورم ما سه نفریم. من و تو و اون زن که هنوز داره خیره به ما نگاه می‌کنه.»

گفتی: «اون مَرد رو نمی‌بینی؟»

گفتم: «کدوم مرد؟ من هیچ مردی رو نمی‌بینم.»

گفتی: «دست چپ تو، دو تا میز اون ورتر روی صندلی وسطی نشسته و داره اون زن رو نگاه می‌کنه. نگاه غم انگیزی داره.»

گفتم: «اصلان، اون زن چی پوشیده؟»

گفتی: «یه لباس توری شیری رنگ. موهاش هم کوتاه ست.»

گفتم: «اصلان، چرا اینجا غیر از سه نفر، یا چهار نفر تو، کسی نیست. این رستوران چرا هیچ میزبانی نداره؟»

از جایت بلند شدی و به طرف میزی که آن مرد نشسته بود، رفتی. روی صندلی وسطی نشستی و نگاهت از روی من به طرف آن زن سُر خورد. افسون شده از جایت بلند شدی و دوباره به طرف شومینه‌ی روشن کنار در ورودی هتل رفتی.

از دور نگاهت می‌کردم. فراز دستت از روی کتابخانه‌ی کوچک کنار شومینه، روی یک کتاب فرود آمد. کتاب را برداشتی و برگشتی به میز خودمان.

گفتی: «ترلان، نمی‌دونم چرا ولی مثل اینکه باید این کتاب *دنیای داستان‌های کوتاه* رو بخونی. کتاب رو بگیر دستت، حسش کن، صفحه‌ای رو باز کن، و بخون.»

گفتم: «اصلان، ما که نمی‌تونیم همین طوری از کتابخونه‌ی خصوصی اینا یه کتاب برداریم و بریم.»

گفتی: «حالا می‌تونیم. در ضمن، من باید تنهایی برگردم اینجا و بنویسم. نمی‌دونم چی ولی یه چیزی رو باید... باید بنویسم.»

دوباره به میز آن زن نگاه کردم. صندلی‌اش خالی بود و روی میز دستکشی نبود. نگاهم کردی و گفتی: «مَرد هم رفت!»

با صدای میزبان به خودمان آمدیم و از چیزی که دیده بودیم نه تو حرفی زدی نه من. هر دو می‌دانستیم و نمی‌فهمیدیم. وقتش بود که یک بطری با هم تمام کنیم.

موقع رفتن، از جلوی میز خالی آن زن گذشتم و در کنار نقاشی بالای میزی که نشسته بود، درنگ کردم. تصویر نقاشی از لخته‌های پاره پاره شده‌ی آبی و خاکستری رنگِ کف دریا بود و از لرزش تور قایقرانان و نقش سایه زده‌ی دورتر مردی.

دیرترک، وقتی که برگشتیم منزل، داشتی کتاب می‌خوندی و من پهلوی تو دراز کشیده بودم که حس کردم... فقط چند ثانیه طول کشید تا حس کنم. شروع کردم به پاک کردن پاهایم. از گرمی خونی که از گردنم به طرف پاهایم سرازیر می‌شد، گر گرفته بودم. با تعجب نگاهم کردی. بدون نفس کشیدن، دست‌هایم را روی پاهایم می‌کشیدم و پاک می‌کردم. با گریه گفتم: «اصلان، گردن و پاهام

خونیه. نمی‌تونم جلوی این خون رو بگیرم. یه کاری بکن. این خون پاک نمی‌شه.»

دستت از روی گردن به پاهایم سُر خورد و گفتی: «ترلان، نازنینه‌ی من، نگاه کن دستم خشکه. کدوم خون؟»

محکم صورت من را در دستت گرفتی. با دیدن چهره‌ات، گریه‌ی من بلندتر شد.

گفتم: «ای وای! ای وای! اصلان، من دیدم چی شد. من اون جا بودم، همه چیزو دیدم. حالا یادم می‌آد.»

گفتی: «ترلان، داری چی می‌گی؟»

گفتم: «با آرامش عجیبی وارد اتاق شد، با مهربانی بغلش کرد. زن همون لباس بژ یا خاکستری کم رنگشو پوشیده بود. موهاش هم کوتاه بود. مرد، صورت صابونی رنگ زن رو بوسید و تیزی چاقو رو فرو کرد تو گلوش. خون شروع کرد به فواره زدن. زن برای یک لحظه چشم هاشو باز کرد، نگاش کرد، و بعد توی بغل مَرد از حال رفت. همین جور از گلوش خون می‌ریخت. لخته‌های خون روی پاهاش... بوی خون... مَرد شروع کرد به گریه کردن و نازش می‌کرد. صدام می‌زد. صداشو می‌شنید. صورتم پر از خون بود. پیشونیمو می‌بوسید و صداش می‌کرد. صدای اون بود. صدای سگ ماهی‌ها بود. صدای دریا بود. دسته دسته... صدای سگ ماهی‌ها بود... صدام می‌زد. صدا بود، صدای رها کردنش توی آب. سبُک مثل پَر فرو می‌رفتم. صداش می‌زدی... فرو رفت... هنوز صدام می‌زدی...»

گفتی: «ترلان، بسه! داری چی می‌گی؟ کدوم مرد... کدوم زن... تو... من... صداش می‌زدی... صدام می‌زدی... داری راجع به کی حرف می‌زنی ؟»

گفتم: «اصلان، همه چیز یادم می‌آد. صداش کردی. صورتش پر از خون بود. نازم می‌کردی. اصلان...ای وای! ای وای! چطور تونستی...»

پیشانیم را بوسیدی و محکم بغلم کردی و گفتی: «ایرج می‌گفت که به زودی گذشته و حال و آینده در هم پیچیده می‌شن تا تعادل زمین برگرده. من مسخره‌اش می‌کردم ولی واقعن باور داشت دریچه‌هایی باز می‌شن که شبیه به چیزی مثل یک توَهُم، یا چیزی مثل دگردیسی رو بوجود می‌آرن. من دستش می‌انداختم ولی اصرار داشت زمانش داره نزدیک می‌شه. می‌گفت افرادی هستند که دیر یا زود دور هم جمع می‌شن. می‌گفت همه در شمال جمع می‌شن. آمدن تو هم به شمال انگار تصادفی نبود. ای وای! چقدر دلم برای ایرج تنگه. چقدر خوابش رو می‌بینم. چقدر دلش می‌خواست باورش کنم. حریف من نبود ولی تو... با تو چیزایی رو تجربه کردم که باورکردنشون سخته. ترلان، هر چی هست و نیست، من نمی‌ذارم اتفاقی برای تو بیفته.»

~~~

اصلان و ترلان از شمال برمی‌گشتند. نیمه‌های راه، دو ماشین دچار سانحه ای شده بودند و رفت و آمد بند آمده بود. اصلان چشم‌هایش را بسته بود و به موزیک گوش می‌داد. از کنار آمبولانس رد می‌شدند که ترلان با وحشت، و بی‌وقفه شروع کرد به پاک کردن سرش و با گریه گفت: «اصلان، داره از سرم خون می‌آد، موهام پر خونه. یه کاری بکن.»

اصلان با بهت زدگی دستش را کرد توی موهای ترلان و گفت: «موت خشکه. ببین، دست منم خشکه. مثل دفعه‌ی قبل»

ترلان خوف زده داد زد و گفت: «احساس گرمی می‌کنم. جلوی خون ریزی را بگیر. ای وای! اصلان، بازم شروع شد. چرا باید از سرم خون بیاد؟ هر کی بوده، داره خونریزی می‌کنه.»

اصلان به آرامی به صندلی ماشین تکیه داد و سیگاری گیراند... *الان حس یه غریبه رو می‌گیره مال منو چی موقعی که باید منو حس می‌کرد نکرد...*
~~~

ترلان دوباره داد زد و گفت: «اصلان! چرا ساکتی؟ چرا کاری نمی‌کنی؟»

اصلان به آرامی موهای ترلان را مرتب کرد و گفت: «فقط محل تصادف رو رد کن.»

اصلان چیزی می‌نوشت، توی هوا. پاک می‌کرد و دوباره می‌نوشت. آخرین جمله را نوشت. نقطه‌ی اتمام را با فشار هر چه تمام تر گذاشت و گفت: «ترلان، شاید پدرت حق داشت. دیدن تصویرها یه نوع جنونه. چطور می‌شه این جور چیزا رو توضیح داد؟»

ترلان هنوز گریه می‌کرد و گفت: «هنوز احساس گرمی می‌کنم. خون تازه ست.»

اصلان سِحر شده به بیرون و به درختان پراکنده‌ای که در جهت باد خم شده بودند، نگاه می‌کرد... *ساعت باید هفت باشه می‌دونه که من توی مدرسه هستم یه موجِ حس قوی‌ای دریافت می‌کنم چرا جواب تلفن منو نمی‌ده باید دوباره بهش زنگ بزنم پریشانم جواب نمی‌ده نمی‌فهمه که من نگرانم خوب بالاخره گوشی رو برداشت چی داره می‌گه که توی مطبِ دکتره انتظار داره باورش کنم همیشه همین جوری شروع می‌شه چطور می‌تونم با شک و تردید با خاطر پریشان درس بدم وقتی جواب نمی‌ده خوب دنباله‌اش رو هم نمی‌خوام بگیرم ولی با شک و تردید چطور می‌شه ادامه داد به چی به یه رابطه‌ای که توش اعتماد نیست چطور می‌شه...*

اصلان، پک عمیقی به سیگارش زد و گفت: «یادته که اون تصادفِ عجیب نزدیک بود منو به وادی دیگه‌ای ببره؟! فقط من و تو می‌دونیم که اون یک تصادف معمولی نبود. دریچه‌ای باز شده که برای من و تو قابل فهم نیست. با فاصله‌ی مکانی پنج ساعته، من و تو هر دو در یه زمان مسخ شدیم، یادته؟ همه چیز فقط سه دقیقه طول کشید. وقتی به خودت اومدی، وسط کلاس بودی و من در قسمت خاکی جاده. همون شبح سیاه بود. همون سایه‌ای که وقتی از وسط کوه‌ها رد می‌شدی، تو ماشینت بود. یادته که با گریه از وسط راه به من تلفن

کردی؟ گریه می‌کردی و می‌گفتی یه توده‌ی سیاهی تو ماشینته. همون بود. همون حس منفی بود که منو از جاده منحرف کرد. نه تو می‌فهمی نه من. همه چیز بد جوری در هم پیچیده شدن.»

ترلان اشک‌هایش را پاک کرد و گفت: «پدرم همیشه می‌گفت چیزی رو که نتونی ثابت کنی، وجود نداره. برای من و تو جوابی وجود نداره، همش حدس و گمانه. اگه جنون باشه، من و تو و نصف این شهر جنون زده‌ایم.»

اصلان انگشتانش را توی موهای سرش دواند... *برام عجیبه چطور حساسیت و ذکاوتِ منو پی گیرانه نادیده می‌گیره واقعن که گاه توانِ پُرتوانی در برگرداندن بعضی حالات داره شک و تردید از طرف من نسبت به اون بَرآمده از پیش آمده‌ها وَ رفتارِ من هم از گذشته در رابطه با دیگران که دیگر آب در هاون کوبیدنه...*

اصلان، با دست لرزانش دو طرف شقیقه‌هایش را فشار می‌داد که گفت: «از کجا می‌دونم چی یا کی واقعیه؟ ترلان، گاهی شک دارم که تو هم وجود داشته باشی. من چی؟ نه تو می‌فهمی نه من. نمی‌دونم چی به چی ربط داره؟... *فقط می‌دونم که حالم دگرگون می‌شه وقتی از تو می‌شنوم که این تصویرات تو با دیگران چیزی نیست جز توَهُم من هدف تو شستشوی مغزی منه یا پاک کردن گناهات نمی‌دونم فقط می‌دونم که بَسمِه همین...*

~~~

ترلان می‌نوشت که نوشته باشد:

ایرج، آنچه که اتفاق می‌افتاد، واقعیت ذهنی من بود یا به یاد آوردن خاطره‌ای از زمانی دورتر؟ چه چیزی را باید به یاد می‌آوردم؟ تصویرهایی که اصلان شاهد آن بود، واقعیت ذهنی او بود یا خاطرات فراموش نشده‌ی ذهن من و او از زمانی پیشتر؟ با چه کلمه یا جمله‌ای می‌توانم حس گریبانگیری این بازی وحشت را
~~~

بیان کنم؟ هیچ زبانی نمی‌تواند بیانگر پیچیدگی رابطه من با آن زن یا اصلان و آن مرد و یا هر پدیده‌ی غیر منطقی دیگر باشد. چرا من و اصلان همیشه توانستیم به تنهایی کابوس وجود تصویرها یا حضورها را تحمل کنیم ولی با هم و در کنار هم توان شکیبیدن سنگینی این بار را نداشتیم؟

حضور تو در زندگی من، در خواب و بیداری من، چه نقشی داشت؟ تویی که فقط اندیشه ای در گذر زمان بودی؟ وقتی که بودی، سِتردن نفس، تمنی تو بود، نه من. یابیدن ادراک و قدرت مافوق طبیعت، هدف تو بود، نه من. من هیچوقت نخواستم که تاوان گناهان گذشته‌ی روح خودم یا اصحاب تناسخ را پس بدهم و به معبد روشنی برسم. تار و پود من به زمین خاکی بافته شده بود. ریاضت کشیدی و مراحل سیر و سلوک سالکان را پیمودی تا به پدیده هایی که خاکی نبودند، برسی. نرسیدی.

ایرج، برای این بود که پیدا و ناپیدا وارد اندیشه‌ی من شدی؟ برای این بود که اصلان را به زندگی من کشانیدی؟ اگر پایانی نباشد، چی؟ اگر فراموشی‌ای نباشد، چی؟

~~~
~~~

«گمانیدَن»

ساعت نه صبح است. تمام تنم درد می‌کند و نای بلند شدن ندارم. دست از جان شسته، تنم با ناله می‌سوزد. با حس آغشته به تنهایی و تنگ نفسی یک زنده بگور، به سرمای بیرونی ایوانچه‌ی کوچکم پناه می‌برم. امروز هم تکرار دیروز است. همین.

تندیدَن تندباد هنوز ادامه دارد. باد زوزه کنان، درختان را تازیانه می‌زند و شاخه‌ها با سرافکندگی در گذر باد می‌خمند. شاخه‌های شکننده، شکسته می‌شوند و شاخه‌های تنومند، در مسیر باد با استواری می‌تاوند و نمی‌شکنند.

با دَمِشِ شتاب زده‌ی باد در باران، درخت بنفش پوش پشت ایوانچه‌ی کوچکم با فروتنی در نوَیدن، از گلهای نیلگونی خود جدا می‌شود و زمین از برگهای گسسته، رنگ اخرایی به خود می‌گیرد.

با وجود سرمای بیرون هنوز می‌سوزم. طنین بیم زده‌ی قلبم را می‌شنوم و احساس ضعف و سرگیجه دارم. در توَهُم تنهایی، صدای تو هنوز گم است. برق هنوز برنگشته و چراغ‌ها هنوز همه خاموش هستند.

کاش تو بودی. کاش می‌توانستم یک لباس تازه بپوشم، موهایم را درست کنم، و چهره‌ام را آرایش کنم. کاش جشن می‌گرفتیم. کاش منزل بوی غذا می‌داد و بوی پرتقال پوست کنده. کاش در منزل صدای خنده شنیده می‌شد و صدای موسیقی... *اصلان رسید دو تا از مهمونا هم رسیدن کاش با هم نمی‌رسیدن نغمه زیر آلاچیق منتظر چاییه باید چهار تا چایی ببرم همه چیز حاضره بوی غذا و بوی گل مریم توی خونه پیچیده صدای موسیقی هم زیاد بلند نیست باید درو باز بذارم دیگه نمی‌خوام از جام بلند شم شاید صدای زنگ رو نشنوم امیدوارم که بوی تند گل محبوبه‌ی شب من کسی رو ناراحت نکنه اصلان با کت جیرش خیلی ناز شده خسته به نظر می‌رسه همیشه خسته است حرف‌های نغمه رو*

نمی‌فهمم کاش این قدر حرف نمی‌زد حواسم به اصلانه به من نگاه نمی‌کنه کاش بهش گفته بودم که امروز رفته بودم دکتر چطور می‌تونم بهش بگم خوب که چی نغمه ول نمی‌کنه حواسش به یه چیزی پرت شده کی رو داره نگاه می‌کنه حواس اصلان هم پرت شده قدش بلنده داره می‌آد طرف ما صدای زنگو نشنیدم موهاش خیلی کوتاهه ولی قشنگه چقدر لاغره مثه شاخه‌ی درخت می‌مونه قیافش یه جورایی آشنا می‌آد نمی‌دونم قبلن کجا دیدمش یه چیزی شد اصلان از یه چیزی ناراحته دختره به من سلام نمی‌کنه به اصلان سلام می‌کنه نگاهشو از اصلان بر نمی‌داره پهلوی من می‌شینه چشم از اصلان بر نمی‌داره پاشو رو پاش می‌زاره نغمه با یه لبخند نه با یه پوزخند داره ابروهاشو بالا می‌ده و چشمک می‌زنه اصلان از جاش بلند نمی‌شه حال دختره رو می‌پرسه از یه چیزی ناراحته چرا این قدر توی صندلیش جابجا می‌شه نه از یه چیزی ناراحته می‌گه ترلان این غمزه ست نگاش می‌کنم سلام نمی‌کنم اینجا خونه‌ی منه امروز تو مطب دکتر هم گریه نکردم تو ماشین گریه کردم جلوی غمزه گریه نمی‌کنم دیگه نمی‌خوام توی آلاچیق بشینم یه بطری شراب می‌خوام خوب که چی غذا می‌سوزه خوب که چی چه اهمیتی داره هر چی شد شد می‌خوام آب شم یه بطری شراب می‌خوام نغمه هم حتمن می‌خواد اگه مست کنه گریه می‌کنه غمزه و اصلان دارن عکس می‌گیرن حالم داره بهم می‌ریزه دستش رو شونه‌ی غمزه ست چرا این قدر عکس می‌گیرن نباید شراب رو می‌ذاشتم توی یخچال دکتر چقدر محکم حرف زد چقدر آروم از مطبش بیرون اومدم نباید توی ماشین هم گریه می‌کردم ماشین پهلویی زنه منو دید غمزه مثه چوب خوشکه شاید سی سال تفاوت سنی دارن همینه همینه بوی پلوی سوخته می‌آد نباید شراب رو می‌ذاشتم توی یخچال...

توفان خوابیده است و باران هنوز نم نمک می‌بارد وصدای تو هنوز بسته است. یک روز دیگر هم بدون تو گذشت. در سکوت گرفته‌ی شب و زیر نور شمع‌های

سفید رنگِ روی میز که هنوز می‌سوزند، باز از ابهام آنچه بر من گذشت، می‌نویسم و می‌نویسم.

~~~

زیر درختان اوکالیپتوس و در فضای سبزی، شماری از مردم برای اعتراض همگانی به بی‌عدالتی انتخابات دور هم جمع شده بودند. تا چشم کار می‌کرد نمادهای رنگ سبز دیده می‌شد و از پیر و جوان در این گردهمایی حضور داشتند.

اصلان، پرچم به دست دورتر از من کنار خیابان ایستاده بودی. حواست به من نبود. روی نیمکتی نشسته بودم و به ماشین‌های در گذر که بوق می‌زدند، نگاه می‌کردم. از دور نگاهش می‌کردم. زن جوانی بود، شاید سی سال یا کمی بیشتر داشت. سرش آونگان به چپ و بعد به راست پرسه می‌زند. نگاهش به چپ و راست، به دنبال چیزی یا کسی می‌چرخید. بدون توجه به فضای سبز همبستگی و حضور دیگران به طرف من آمد و پهلوی من نشست. بعد از چند لحظه‌ای، سلام کرد و از من پرسید: «خیلی شلوغه. آدم به راحتی می‌تونه توی این جمعیت گم بشه. شما تنهایی اومدین؟»

گفتم: «نه...»

فرصت نکردم که حرفم را تمام کنم که تو آمدی و گفتی:

«ترلان، خسته شدی؟»

گفتم: «نه. تو راحت باش.»

زن پرسید: «شوهرتونه؟»

می‌خواستم بگویم نمی‌دانم چی هستیم. نگفتم. گفتم: «نه. دوستیم.»

گفت: «خوش تیپه، مثل شوهر من... ولی... همون... همون نگاهه.»

پرسیدم: «منظورتون چیه؟»
~~~

سیاهی مردمک چشمش برای اندک زمانی به طرف پایین غریبه وار سُرید و سفیدی نگاهش گویاتر شد. در این لحظه بود که انگار وجود نامانوس من را فراموش کرده باشد، گفت:

«با یکی از آشناها اومدم. بچه هاشون اصرار کردن. برای منم یه دستبند سبز درست کردن. نخواستم دلشون رو بشکنم. خوب اومدم... همینجوری اومدم. دیگه کسی نمونده برام. یه مچ بند سبز کوچولو دوختم. مچش باید الان کوچولو باشه، خوب نگه می‌دارم، یه روزی...شاید... چه فرقی می‌کنه. عدالت سبز؟ کدوم عدالت؟ حالا چه فرقی می‌کنه دستبند سبز بپوشی یا سیاه؟ میگن اگه این رنگ رو دوست داشته باشین، شخصیت بخشنده‌ای دارین و خودتون رو زیادی فدای دیگران می‌کنین. خوب در مورد من درست در اومد. زندگی برای من آسون نبود. خوب برای کی آسون بود که برای من باشه؟ ...*کاش اصلان زودتر می‌اومد و جامون رو عوض می‌کردیم خوبه که این زنه اگه مرد بود یه اسم دیگه به لیست اسم‌ها اضافه می‌شد*... خودم رو زیادی فدا کردم. چکارم کرد؟ شوهرم؟ دروغ می‌گفت! ...*ای وای داره تکرار می‌شه انگار روی پیشونی من نوشتن که بیاین راز دلتون رو روی من خالی کنین قول داده بودم که دیگه نکنم*... ده نفر شاهد رو اسم برد. می‌گفت که من با دیگرون بودم. من از این کارها نمی‌کردم و نمی‌کنم. دروغ می‌گفت! چند وقت به چند وقت به من تهمت می‌زد. ولی سال آخر بدتر شده بود... *سال آخر همیشه بدتر می‌شه ولی باز آدم نمی‌بینه*... می‌گفت تو با این و اون هستی. من خُرد می‌شدم. از خودم می‌پرسیدم چرا باید این حرف‌ها رو بزنه؟ می‌گفت با مردهای دیگه... می‌گفت زیر مردهای دیگه... من که نمی‌تونستم از خودم دفاع کنم. حتا نمی‌تونستم حرف‌هاشو برای خودمم تکرار کنم... *چرا داره این حرفا رو به من می‌گه این چیزا خصوصیه آب پرتقال رو ریختم دور از تاریخش گذشته بود نوشابه خریده بودم یادم رفت که همشو بخورم چه طور می‌تونم به این زن بگم که اصلان هم همین تهمت‌ها رو*

به من می‌زنه می‌گه من که می‌دونم تو آب پرتقال دوست نداری نوشابه هم نمی‌خری یادش نمی‌آد امین چند روز پیش من بود اومده بود مادرشو ببینه کاش نمی‌اومد کاش آب پرتقال نمی‌خریدم کاش همه‌ی نوشابه رو خورده بودم می‌گه چیزایی رو که نمی‌خوری برا کی می‌خری می‌گه دیدم با چشم‌های خودم دیدم آره همون نگاهه... به تنم نگاه می‌کرد و می‌گفت که جای انگشت مردهای دیگه رو روی تنم می‌بینه. شاید از من خسته شده بود. شاید هم روانی بود یا اینکه دَبه در می‌آورد... *آره سالار هم همینو می‌گفت اون شب که من جلوش گریه کردم گفت بعضی از مردا وقتی نمی‌تونن انگشت رو چیزی بذارن دَبه در می‌آرن نمی‌خوان مسئولیت قبول کنن یا دیگه نمی‌خوان با اون زن در رابطه باشن این کارو می‌کنن اخلاقی که باشن بدتره نمی‌خوان اول تموم کنن*... یک روز از خونه اومدم بیرون و دیگه برنگشتم. ازش شکایت کردم. دادگاه گفت که کار شوهرم جرمه. به من گفتن که اگر شوهرم با حرف هاش به من افترا بزنه، این جرم حساب می‌شه به شرط اینکه من بتونم ثابت کنم. چطور می‌تونستم؟ چرا همیشه وظیفه‌ی زنه که ثابت کنه؟ فکر می‌کنین که تونستم؟ اگر می‌تونستم ثابت کنم، باید جریمه می‌داد و شش ماه هم زندونی داشت... *به اصلان می‌گم ثابت کن از حرف من گر می‌گیره می‌لرزه باورش نمی‌شه همین حرف من مدرک جرم من می‌شه مادربزرگ می‌گفت خطرناک‌ترین اسلحه کلمه ست با حرف خودم به خودم خنجر زدم از جلو به خودم خنجر زدم با یه کلمه با یه جمله*... در بدنم جای انگشت کسی نبود ولی من نتونستم ثابت کنم. آخرش هم شوهرم طلاقم داد و دختر سه سالمو از من گرفت. دختر من... فقط سه سالش بود... قبل از اینکه از من بگیرنش، لباس‌های کثیفش رو از تنش در آوردم و توی یک نایلون پیچیدم که بوش رو نگه دارم.»

وقتی حرف زن تمام شد، سحر شده بدون خداحافظی بلند شد و رفت. خواستم صداش کنم و به او بگویم: «آره، همون نگاهه.» صداش نکردم.

دورتر از من ایستاده بودی و من هرازگاهی به حالت مهجور و پرت نگاهت خیره می‌شدم. انگار بودی و نبودی. و من در آن لحظه، به حکایت ملموس کلام آن زن فکر می‌کردم و بیدادگری رنگ پریده‌ی زندگی خودم و به چهار پله‌ای که بالا رفته بودم.

~~~

باران می‌بارید و اصلان مشغول نوشتن بود. ترلان از پنجره به بیرون نگاه می‌کرد... *اگه تند برم خیس نمی‌شم اتاق لباس شویی خالیه بهترین فرصته چقدر بَدَم می‌آد توی این لباس شویی‌ها لباس بشورم خوب همینه چاره‌ای نیست اصلان هم دیگه چیزی نداره بپوشه همهٔ لباساش کثیفن باید برم تند می‌رم و بر می‌گردم...* ترلان، سبد بدست داشت از در بیرون می‌رفت که اصلان گفت: «وایسا منم باهات می‌آم. با این سبد سنگین که نمی‌شه تنهایی بری، همه جا خیسه.»

ترلان صورت اصلان رو بوسید و گفت: «خودم می‌رم. جلوی دید خود توام. از اینجا می‌تونی منو ببینی. اگه چیزی شد، بیا کمکم.»

از در بیرون می‌رفت که اصلان سیگاری گیراند و به بیرون خیره شد... *نخواست باهاش برم حالا حتمن باید الان لباس بشوره توی این بارون اگه موهاش خیس بشه چی با این وسواسی که به موهاش داره توی بارون داره لباس می‌شوره نخواست من باهاش برم...*

صدای باز و بسته شدن در را شنید. سرش را بلند نکرد. ترلان تازه شروع کرده بود به درست کردن قهوه که اصلان ناگهان با شتاب بطرف دستشویی رفت و بالا آورد. وقتی که برگشت، جواب ترلان را نمی‌داد. سکوت اختیار کرده بود. بعد از چند ساعت، سکوت خودش را شکست و گفت:

«اونجا چه اتفاقی افتاد؟»
~~~

«کجا، چه اتفاقی افتاد؟»

«ترلان، من که می‌دونم اونجا چی شد! منو نخواستی با خودت ببری. اون جا یکی رو دیدی.»

«کجا کی رو دیدم؟»

«تو اتاق لباس شویی. من از اینجا دیدم.»

«اصلان، داری چی می‌گی؟ اتاق لباس شویی خالی بود. کسی اون جا نبود.»

اصلان پوزخندی زد و گفت: «من با چشم‌های خودم دیدم.»

«چی دیدی؟ کی بود؟ من که کسی رو توی این شهر نمی‌شناسم.»

«ترلان، نخواستی باهات بیام. از چهار تا پله بالا رفتی. اتاق خالی بود. در هم پیچیده شده بودید و...»

«اصلان، چی داری می‌گی؟»

دود سیگار اصلان با شتاب از لرزش دستش گریخت و پشت نگاه حیرت زده و خالی‌اش سنگر گرفت. گفت: «ترلان، این دفعهٔ اول نیست!»

«یعنی چی که این دفعهٔ اول نیست؟»

«دفعهٔ قبل، دو هفته پیش، پنج ساعت رانندگی کردم اومدم پیشت. می‌خواستم ببینم وقتی من اینجا نیستم کی به دیدن تو می‌آد.» لرزهٔ دست‌های اصلان به سیگارش پناه برد و وزش پک‌های متوالی تندتر و تندتر شد. دوباره گفت: «ترلان، می‌بخشی نمی‌خواستم اینو به تو بگم. نمی‌خواستم حرمت تو رو بشکونم.»

«حرمت منو بشکونی؟ یعنی چی؟»

«اون شب تو ماشین نشستم و انتظار کشیدم تا...»

ترلان حرفش را قطع کرد و با عصبانیت گفت: «می‌خواهی بگی که پنج ساعت رانندگی کردی، دم در پارک کردی، و نیومدی تو؟»

«آره! پنج ساعت رانندگی کردم، دم در پارک کردم، و نیومدم تو. شب توی ماشین خوابیدم.»

«اصلان، چطور دلت اومد این همه راه بیایی و من نبینمت؟ توی سرما پشت در من خوابیدی در حالی که من توی اتاق گرم و نرم خوابیده بودم؟ چطور دلت اومد؟ من آخر هر هفته بعد از هشت ساعت کار و خستگی می‌افتم توی جاده و پنج ساعت رانندگی می‌کنم که ترو ببینم و بعد تو می‌آیی اینجا و بدون دیدن من بر می‌گردی؟»

«ترلان، تو چرا حسم نکردی؟ چرا نفهمیدی که من بیرون خونه توی ماشین بودم؟ تویی که پرواز منو دیدی، چرا نفهمیدی؟ تو که می‌تونی؟ چرا منو حس نکردی؟ می‌دونی چرا؟ چون که حواست به دیگری بود. من و تو همیشه از فاصله دور همدیگر رو حس می‌کردیم و برای هم حضور داشتیم. اولین بار که امین اومد دیدنت، برای شام رفتید به اون رستورانی که آخرای اسکله‌ی ماهیگیرا بود. اونجا نبودم ولی دیدم. روبروی پنجره ای که چشم انداز دریا رو داشت، نشستی. امین پا شد بره دستشویی. داشتی آتش بازی رو نگاه می‌کردی که سنگینی نگاه رو حس کردی. صورتت حالت آرومی به خودش گرفت. با مهربانی به من لبخند زدی و گذاشتی از نگاه تو همه جا رو ببینم. اون شب دوباره هر دو با هم از زمان و مکان جدا شدیم. نه تو می‌فهمی نه من. اون شب هم که بی‌خبر اومدم، دیدم که یک نفر توی اتاق تو بود. تا صبح اون جا موند.»

«می‌دونم چی می‌گی ولی کسی اونجا نبود. اصلان... نمی‌دونم چی ولی یه چیزی اینجا درست نیست.»

اصلان، خودش را به آرامی گهواره روی تک صندلی قرمز تکان می‌داد و پس و پیش می‌رفت که گفت: «ترلان، چطور تونستی؟ چطور تونستی؟ دیدن تو در اون حالت؟ می‌دونی چقدر برای من سخت بود؟ چطور تونستی؟ من خودم دیدمتون!»

لرزش شانه‌های ترلان شروع شده بود. با هر دو دست صورتش را پوشاند و گفت: «اصلان، من با تصویرات آشنا هستم. من می‌دونم تو چی می‌گی. من وتو هر دو می‌دونیم. اولین بار که تصویر دیدم... چند سال پیش بود؟ شاید سی سال پیش. مثل صحنه‌ی تلویزیون بود. متین رو دیدم، با فرناز بود. نامزد من؟ با جفت بهترین دوستش؟ به هم پیچیده شده بودند، توی ماشین بودند. بعد از دیدن اون تصویر، بلافاصله به متین زنگ زدم. ازش پرسیدم. گفت: «باورم نمی‌شد که فرناز لو داده باشه...» همین جا بود که نامزدی خودم رو باهاش بهم زدم. بعد از اون روز تصویرهای دیگران می‌اومدن و می‌رفتن. چراشو نمی‌دونم. جز تو کسی این رو نمی‌دونه. من و تو هر دو با این توان نفرین شده تا الان زندگی کردیم. باید با اونا کنار بیاییم. اصلان، وقتی شب‌ها می‌خوابم، حضورش رو حس می‌کنم. اون شب صدای گریه‌ی اون مرد رو شنیدم و نتونستم جلوی گریه خودم رو بگیرم. از کاری که کرده پشیمونه. من دیدم چه اتفاقی برای اونا افتاد. کی بودند؟ کجا بودند که اون اتفاق افتاد؟ چه سالی بود؟ توی این شهر دنبال عکس اون مرد می‌گردم. کی بود؟ نمی‌دونم. فقط می‌دونم یه جایی جا مونده.»

اصلان، با خیرگی به ترلان نگاه کرد و گفت:

«ترلان، یادمه با هم تلفنی حرف می‌زدیم که صدای گریه‌ی تو بلند شد. گوشی به دست در شیشه‌ای رو باز کردی و رفتی توی مهتابی. صدای گریه‌ی تو بیشتر‌تر و بیشتر می‌شد. اون نیروی حیاتیمو فرستادم به طرفت و اون هر کی یا هر چی که بود، ناپدید شد. ای وای! ترلان، من و تو از کجا می‌تونیم واقعیت رو از توَهُم تشخیص بدیم؟ تصویرات، حس ملموسی دارن. قبل از تو من این چیزها رو به کسی نگفته بودم. با تو حس من قوی تره و حساسیت من بیشتر شده. با تو دیگه نمی‌تونم تشخیص بدم که چی واقعیه و چی نیست.»

«اصلان، این چیزها رو نمی‌شه به کسی گفت. بعد از اومدن من به این شهر انگار دریچه‌ای باز شده که توان بستنش رو ندارم. یا باید از هم جدا شیم یا اینکه

با اونا بسازیم. بازم می‌گم شک و تردید خاکی نباید با این جنون زدگی قاطی بشه. وقتی از زمان و مکان خودت می‌آی بیرون، وقتی تنت سرد می‌شه، یا وقتی دیگری رو در خودت حس می‌کنی، باید حواست باشه. همین.»

اصلان، با هر دو دست محکم سرش را گرفت و چندین بار موهایش را چنگ زد. دوباره با لرزش دست‌هایش، سیگاری گیراند و گفت: «ترلان، تو از کجا می‌آی؟ از اون روز اول می‌دونستم که یه چیزی درست نیست. چرا زندگی منو بهم زدی؟ من دارم از دست می‌رم. دیگه قدرت نوشتن رو هم ندارم. اگر ننویسم و تولید نکنم از بین می‌رم.»

در این لحظه بود که صدای ترلان در هم شکسته شد و گفت:

«اینا همه با ایرج شروع شد. اون همیشه با منه. همه چیز رو از اول می‌دونستم. دیده بودم. نمی‌دونم چرا ولی می‌دونستم که می‌آیی. می‌دونستم که چکار می‌کنی و کی هستی. چرا باید اینا رو می‌دیدم؟ با وجود چیزهایی که از هم می‌دونیم و چیزهایی که گفتنی نیستند.»

«ترلان، کی تو رو سر راه من کاشته؟ با من خیلی کارها کردن که خُردم کنند ولی کاشتن تو از همه بدتر بود.»

ترلان خیسی صورتش را پاک کرد و گفت:

«از من... از من می‌پرسی کی منو سر راه تو کاشته؟ ایرج رو کی توی زندگی من کاشت؟ من ایرج رو هیچوقت ندیده بودم. وقتی عکسش رو تو آلبوم تو دیدم، اونو شناختم. وقتی به اون هتل قدیمی پا گذاشتیم، وقتی با تور نازک ابریشمی از دور ما رو با ملالت نگاه می‌کرد، چرا نپرسیدی کی منو توی زندگی تو کاشته؟ وقتی آن زن یا هر چی که بود در من حلول کرد و تمام توان منو ازم گرفت، چرا نپرسیدی کی منو توی زندگی تو کاشته؟ وقتی از لابلای درختهای پشت پنجره‌ی من، اون مرد اشک ندامت می‌ریخت و از من طلب بخشیدن داشت، وقتی از حس خاطره‌ی جا مونده‌اش زار می‌زدم، چرا از من نپرسیدی کی

منو توی زندگی تو کاشته؟ وقتی توی این شهر، سرگردان دنبال چیزی می‌گشتی، وقتی انباشته شده از خاطرات زخمی، درخت مادر را پیدا کردی، وقتی درخت به اون تنومندی رو بغل کردی و شروع کردی به گریه کردن، چرا نپرسیدی کی منو توی زندگی تو کاشته؟ وقتی در اوج درد، اون زن جلوی من روی ریل‌های قطار پراکنده شد، چرا نپرسیدی کی منو توی زندگی تو کاشته؟ نه تو می‌فهمی، نه من. چراش دیگه مهم نیست. همین»

«ترلان، نه تو می‌فهمی، نه من. فقط می‌دونم که همه چیز برای من غیر قابل تحمله!»

«تحمل کردنی نیست؟ داری به من می‌گی؟ تو می‌ذاری شک و تردید توَهُم زده‌ی خاکی تو هم با تصویرات مینویی یا دوزخ وش تو بهم آمیخته بشن و بعد من باید از خودم دفاع کنم؟ تو که بهتر باید بدونی؟

«ترلان من، این تصویرات نه مینویی هستن، نه دوزخ وش. این دریچه همیشه برای من هم باز بوده و تا به حال هر چه دیدم درست بودن.»

«نه در این بُعد زمان و مکانی‌ای که هستیم. هیچ کس اتفاقی به زندگی ما نمی‌آد. بودن هر کسی که در اطراف ماست، بی‌دلیل و برهان نیست. تو رو در لحظه‌ای دیدم که باید می‌دیدم. بودن من و تو تنها چیزی بود که می‌تونست پیش بیاد... باید پیش می‌اومد.»

«ای وای! ترلان، از دست تو و این حرف هات. تو مجنونی. فقط می‌دونم که صورت مسئله مهم نیست. مهم اینه که تو بتونی از خودت در بیای و بدونی چکار کردی و مسئولیت کاراتو قبول کنی.»

«اصلان، چطور می‌تونم مسئولیت کار یا کارهایی رو که نکردم، قبول کنم؟»

در این لحظه بود که اصلان از جای خودش بلند شد و گام‌های آهسته‌اش ده قدم به جلو و ده قدم به عقب شِکُرفیدند. گفت: «ترلان، تو می‌دونی بعد ازآشنایی با من، با چند نفر بودی؟ چطور تونستی؟ مقاومت تو رو تحسین می‌کنم! این

مقاومت تو از کجا می‌آد؟ ناهم‌خوانی معصومیت نگاهت و قدرت تو در نپذیرفتن واقعیت... چرا نمی‌تونی از خودت بیرون بیای؟ تو هم مثل همه گرفتار خودت هستی.»

«اصلان، به هر کسی سلام می‌گم، اسمش می‌ره تو پرونده‌ی من. فهرست اسم این آدما رو کی تو پرونده‌ی من نوشته؟ دست خط خودت نیست؟ همیشه از من بازجویی می‌کنی و مثل هر بازجوی دیگه‌ای فقط می‌خوای چیزی رو بشنوی که خودت می‌خوای. چرا خودت رو زیر سوال نمی‌بری؟ چرا از خودت بیرون نمی‌آی و فکر کنی شاید...»

«شاید چی؟ درسته که من هم مثل همه گاهی مبتلا به خودم هستم ولی قدرت این رو هم دارم که از خودم در بیام و خودمو، تو رو، و هر کسی دیگه‌ای رو در ارتباط با خودم و این جهان هستی زیر سوال ببرم. من با خودم عریانم و چیزی برای پنهان کردن ندارم. تو و هر کس دیگه‌ای مثل تو قدرت عریان شدن ندارین. همیشه مبتلا به خودتون هستین.»

«اصلان، همیشه با فشردن نوک تیز هشدار، از من خواستی که کلامم رو روشن و عریان بیان کنم. همیشه گفتی این خط و این نشون.... سعی کردم با روشن کردن همه ابعاد رابطه‌مون، تو رو متقاعد کنم تا به یک آرامشی برسیم. ولی باز این دایره چرخید و به جای اولش بر گشت. حالا تو از من می‌پرسی پس چه طور چنین و چنان شد؟»

«ای وای! ترلان، با تو من دارم از بین می‌رم. من این نبودم! من می‌نوشتم، تولید می‌کردم، درس می‌دادم، مهربان بودم و اجتماعی. تو چکارم کردی؟ این مسایل و واین بازی‌های عاطفی خیلی عامیانه‌ان. الان با خودم لج دارم. آخه آگاهی و شعور من بیشتر از این هاست. توی همین اتاقم، بیشتر از هزار و پونصد جلد کتاب دارم. من لحظه‌ای رو بدون مطالعه نگذروندم. این حرف‌ها و این همه تلاطم و

شوریدگی در شأن من نیست. هر لحظه‌ی این زندگی رو باید بدزدم و تولید کنم. یک دنیا چیز برای خوندن و نوشتن هست. فقط باید نوشت و تولید کرد. همین.»

در سکوت، اصلان با هر دو دستش، چهره‌اش را پوشاند و بعد از چند لحظه ترلان را به طرف خودش کشاند و پیشانیش را بوسید و گفت:

«مثل عشقه به من پیچیده شدی و از ریشه هم خودت رو خشک کردی و هم منو. وقتی این‌ها بگذره و از همه‌ی این‌ها فاصله گرفتم، می‌نویسم. از خودم و ازتو می‌نویسم.»

«حتمن تو داستانت من می‌شم زن لکاته.»

«مفهوم لکاته و اثیری در داستان من وجود نخواهد داشت. ترلان، تو نازنینه‌تر از اونی هستی که بخوام ازت یک زن اثیری یا لکاته بسازم.»

~~~

ترلان می‌نوشت که نوشته باشد:

ایرج، وقتی به این شهرک کوچک آمدم ازاصلان می‌گریختم و تنها چیزی که طلب می‌کردم گوشه نشینی و کناره جویی از او و همه‌ی کسانی بود که می‌شناختم. فرو رفته بودم، در اصلان که حقیقت من شده بود. فراموش کرده بودم، دم و بازدم خودم را که از شوری دریای خزر بر آمده بود و بوی جنگل‌های نم کشیده‌ی گیلان را می‌داد. و از یاد برده بودم، شبنم زدگی خودم را که در شب‌های نمناک آن خاک روی من نشسته بود. از همه کس و همه چیز گریزیدم چون از حد گذشته بود، از حد هر چیزی که بود و می‌توانست باشد. می‌خواستم نفس تازه کنم. با اصلان، در زمان و مکانی که بودم، بی‌اعتمادی او به من، امان آغازیدن نمی‌داد. جان پناهی نداشتم. نگاه همه روی من بود. فراز پرسش‌ها روی صورت رنگ پریده‌ی من فرود می‌آمد و من برای هیچ کس پاسخی نداشتم، حتا برای خودم.
~~~

ایرج، در کدام لمحه‌ای از زمان بود که تو فراموش کردی؟ کی بود که از یاد بردی بوی ناب خوشه‌های انگور ارومیه را؟ زیر شاخه‌های کدام درخت سیب بود که شکوهیدی و پس کشیدی از هر چه که بوی آشنای خاک می‌داد؟ کجا خودت را جا گذاشتی؟ کی بود که خودت را فراموشیدی؟ چرا هیچوقت از حد نگذشتی و فرو نرفتی در کسی که حقیقت تو شود؟

ایرج، وقتی نگاه حقیقت و واقعیت در هم و به هم پیچیده شدند، در کدام لحظه، من بودم؟ واقعیت ملموس حضورها ذهنی بود یا کژپنداری؟ پریشانی‌یِ روانِ اصلان واقعی بود؟ توان حس کردن و دیدن خاطرات به جا مانده از کجا می‌آمد؟ چرا من و اصلان باید این شهرک را تجربه می‌کردیم؟ چرا باید گذشته‌ی فراموش شده دیگران را بیاد می‌آوردیم؟

ایرج، چرا تو همیشه بودی؟ چرا با او ماندم؟ چرا او با من ماند؟

~~~
~~~

«نِکوهیدَن»

ساعت دو بعد از ظهر زنگ می‌زنی. صدای پُربَختک تو باز می‌شود و بدون مقدمه می‌گویی:

«تلفنم سه روز خاموش بود. نمی‌خواستم با کسی حرف بزنم. الان بی‌اختیار تلفنم رو باز کردم و می‌خواستم صدات رو بشنوم. کجایی؟ چه می‌کنی؟»

گفتم: «خونه‌ام. بیرون توی ایوانچه داشتم می‌نوشتم.»

گفتی: «چطور؟ سر کار نرفتی؟»

گفتم: «نه.»

گفتی: «چرا سر کار نرفتی؟»

گفتم: «حالم خوب نبود.»

گفتی: «چرا حالت خوب نبود؟»

گفتم: «به پیغام‌های من گوش کردی؟»

گفتی: «وقت نداشتم. تلفن رو باز کردم و قبل از هر چیزی فقط می‌خواستم صدات رو بشنوم. چرا حالت خوب نبود؟»

گفتم: «چیزی نبود. فقط سه روز پیش سعی کردم که بند نافم را به بُعد بعدی ببُرم. بردنم بیمارستان، لوله‌های درون رگی به من وصل شدن، سرنگ‌های خون پر شدن، و دستگاه فشار خون به من فشرده شد. دنبال یار یگانه من گشتن، براش پیام گذاشتن، و پیداش نکردن. با یک سطل زباله توی دستم، سوار تاکسی شدم و اومدم خونه. الان خوبم. فقط الان سه روزه که بدنم می‌سوزه، تپش قلب دارم، و جنون زده شدم. برق هم سه روزه که رفته و کمی حس زنده به گوری دارم. همین.»

گفتی: «داری بازم قصه می‌گی؟»

گفتم: «نه.»

گفتی: «داری چی می‌گی؟»

گریه‌ام گرفت و گفتم: «اصلان، بند نافم به بُعد بعدی بریده نشد.»

گفتی: «بند نافت؟... بُعد بعدی چی؟... می‌خوای بگی که... فکر نمی‌کردم که یه روز... خوب، کار خیلی بی‌خودی کردی. این چه کاری بود که کردی؟»

گفتم: «بی‌خود یا با خود...»

گفتی: «از سرم گذشت. اگه اتفاقی برای تو می‌افتاد چی؟ الان نمی‌تونم... نمی‌تونم حرف‌های تو رو هضم کنم. با این مسئله الان نمی‌تونم کنار بیام. نازنینه، برو یک کتاب دستت بگیر، استراحت کن، و بخون. آها! تا می‌تونی آب بخور. تو هیچ وقت آب نمی‌خوری. برو نازنینه. برو بعدن بهت زنگ می‌زنم.»

دیرترَک دوباره به من زنگ زدی. از مدرسه حرف زدی و از مقاله‌هایی که خوانده بودی. خواستی خودم را برایت خالی کنم و نوشته‌هایم را بخوانم. با گریه برایت از هر چیزی که نوشته بودم، خواندم. از شیوه نوشتنم حرف زدی و اینکه بعدن باید حتمن ویراستاری بشود.

درک نکردی که تب نیاز من تو بودی. کسی جز تو نمی‌دانست چه بر من گذشت. از ذهن تو هم نگذشت که بیایی. امید داشتم که روز بعد از ذهنت بگذرد.

~~~

عصرِ چهارشنبه‌ای بود. اصلان از کافه‌ی همیشگی‌اش بیرون آمد. به روبرو نگاه کرد و چشمش به دوربین غولسان فروشگاه آن طرف خیابان افتاد و گفت: «آها! عکس‌هام یادم رفته بود.» از وسط خیابان گذشت و وارد دوربین فروشی شد. بعد از چند دقیقه‌ای بیرون آمد و در انبوه مردمی که به جایی می‌شتابیدند، فرو رفت. قدم‌های تند و تیزی بر می‌داشت. پاکت سفیدی را که در دست داشت، مرتب باز و بسته می‌کرد.
~~~

اندکی پس از رسیدن به خانه، به ترلان زنگ زد. ساعتی به توصیفِ عکس‌هایی که از عکاسی گرفته بود، پایِ تلفن صحبت کردند. به یک باره ترلان قصدِ رفتن کرد. گفت: «اصلان، کار دارم، بعدن با هم حرف می‌زنیم.»

اصلان هنوز به عکس‌ها نگاه می‌کرد... *چه کار داره اونی که همواره می‌خواد ساعت‌ها تا دیروقتِ شب گپ بزنیم اونی که این اواخر مُدام از اینکه دیگر صبح و ظهر و شب بهش تلفن نمی‌کنم از من گله داره وَ همواره هر وقت تنهاست جواب می‌ده حالا چه کار داره*... یکی از عکس‌ها را برداشت و به آن خیره شد. در عکس زانو زده بود و دستش را روی گوش الاغ سنگی‌ای که بار سنگینی را حمل می‌کرد، تکیه داده بود... *بهانه‌ی ترلان چی بوده اون توجه‌ی موردِ نیازِ خودش رو از طرفِ من نگرفته اگه بهانه‌اش این بوده از همون اول چه جایِ اعتماد و تکیه و خیالِ راحت از طرف اون بَر من روا رفته*... عکس دیگری را بر می‌دارد و نگاه می‌کند. در عکس، ترلان سرش را روی شانه‌ی اصلان گذاشته و با لبخندی چشم‌هایش را بسته بود. اصلان هم دست‌هایش را به دور ترلان تنگ قفل کرده بود و لبخندی در صورت داشت... *داره زخم رو دلم می‌ذاره به مهمونی همون دیگری که دلش براش سوخته رفته الان ساعت یازده ست باید خودمو به کوچه علی چپ بزنم یا چی بازم جواب نمی‌ده همون حسه همون حِسِ دریافتِ از دور که می‌دونم با یه نفر دیگه ست باز جواب نمی‌ده چه حالی دارم می‌دونه نه نمی‌دونه چه حالی دارم*...

اصلان عکس‌ها را جمع کرد و به کناری گذاشت و گفت: «باید لباسمو اتو کنم. خیلی وقته که اتو نکردم.» ...*این همه چین و چروک باید صاف شن خمیدگی این همه زخم باید از بین برن فقط باید اتو کنم همشو باید اتو کنم*... به ردیف پیراهن‌های شسته‌ای که کنار هم قرار گرفته بود، نگاه کرد و گفت: «اتو کردن همینا یه هفته طول می‌کشه! خوب، بکشه.» میز اتوکشی را باز کرد و اتو را با آب پر کرد و بعد به برق زد و گفت: «این قدر باید داغ بشی تا تمام بخارت بزنه

بیرون.» صدای خالی شدن بخار از اتو شنیده می‌شد. اصلان پیراهنی را برداشت و با دقت روی میز اتوکشی صاف کرد. صدای بیرون زدن بخار از اتو بلند و بلندتر می‌شد... *چرا باید این دامنو بپوشه بدون من چرا دامن راه راه قرمز و خاکستری و سیاهشو پوشیده برای من نمی‌پوشه چرا حرفی نمی‌زنم چقدر دل تنگی عجیبی داره به من دست می‌ده داره حاضر می‌شه نباید بفمه که حواسم به اونه همین جا روی مبل می‌شینم و کتابمو می‌خونم داره می‌آد زیر دلم داره خالی می‌شه من نقاشم دامنش طرح ظریفی داره دامنش تازه‌ست برای من نپوشیده داره واقعن زنانه با دوستاش بیرون می‌ره حالا چرا مست برگشته چرا چشماش مهرآمیزه نه خجلت زده‌ست تو چشاش حرف‌ها داره چرا...*

بخار اتو دم کرده، بیرون می‌آمد که اتو را از روی پیراهن قرمزش برداشت. جای سوختگی اتو مانده بود. طرف راست پیراهن بود، درست روی جیب راست. گفت: «ای وای! اینو ترلان برام گرفته بود. دیگه این پیرهن برام پیرهن نمی‌شه.» پیراهن را برداشت و در سطل زباله انداخت. پیراهن دیگری را برداشت و دوباره آن را با دقت روی میز اتوکشی صاف کرد. این بار از آستین چپ شروع کرد. گفت: «این پیرهن خوب شسته نشده، هنوز بوی عطر ترلان رو می‌ده. باید دوباره بشورمش.» پیراهن را درون سبد لباس‌های چرک انداخت. پیراهن دیگری را برداشت و دوباره آن را با دقت روی میز اتوکشی صاف کرد... *اون همه راه رو کوبید و اومد بوی عطر می‌ده اون که می‌دونه من از عطر بَدَم می‌آد می‌دونه بوی طبیعیِ رو دوست دارم بوی طبیعی بدنِش رو نمی‌تونه جواب بده اون که عطر نمی‌زنه رنگ به رنگ شده از جواب دادن طفره می‌ره بوی عطرش آزارم می‌ده پیرهن من هم بوی عطر گرفته باز هم نمی‌تونه جواب بده چرا عطر زده می‌گه رفته بود خرید چی فکر می‌کنه که من نمی‌فهمم...* اتو داغ شده بود و بخار با فشار هر چه تمام‌تر بیرون می‌زد. اصلان با انگشتش روی بخار چیزی نوشت. آخرین نقطه را گذاشت و بعد شروع کرد به خواندن: «همون طور که

سعدی به زمانه‌ی خودش رِندانه گفته: دروغِ مصلحت آمیز بهْ از راستِ فتنه انگیز است!» اصلان پیراهن دیگری را برداشت ومثل دفعه‌ی قبل دوباره آن را با دقت هر چه تمام‌تر روی میز اتوکشی صاف کرد... *پس اشکالی نداره نیازهایی رو از رویِ هوس به بازی درآورد و اگه افشا بشه به هر زبانی می‌شه کِتمانشون کرد یا از کنارشون به نوعی گذشت پس بازگشایی خودش بِنوعی قبولِ مسؤلیت فردی و رفتاری نیست یا هست هم خودش می‌دونه هم من که رفته پهلوی همون دیگری دل سوخته‌اش کاش بتونم پی‌اش رو بگیرم نه نمی‌گیرم باید سعی کنم شب رو به مهر بگذرونیم ولی باز وُ باز جایی در دلم خالیه شاید احساسِ گناهه از طرف من نه هیچوقت من هیچوقت در موردِ اون این رو خوشبختانه احساس نمی‌کنم ولی باز نمی‌دونم چرا باید از راه برسم وَ وسیله‌ای برایِ پُر کردنِ خالی‌های اون باشم...*

~~~

ترلان می‌نوشت که نوشته باشد:

ایرج، با شتاب به شیشه می‌خورد، درنگ می‌کرد و بعد می‌سُرید. با نگاهش که از من جدا نمی‌شد، قطره قطره می‌چکید. جایی بود که نباید باشد. نمی‌خواست باشد ولی بود. زیر سایبانی که برای پناه بردن از باران ساخته بودم، نباید می‌بارید ولی بارید. مدت‌ها بود که سردش شده بود. می‌دانست و نمی‌دانست.

در خواب دیده بودم که می‌آید. نمناک بود، جایی که بودم. آغشته با غباری که با من بود، راه ستاره‌ها را دنبال کردم و به بالای آسمان رسیدم. قطره قطره به ماهیت کریستال‌های ریز یخ، بسته و فسرده شده بود ولی هنوز با اراده‌ی هر چه تمام‌تر هر لحظه را می‌ربود و می‌نگارید. یک دنیا برای خواندن و نوشتن داشت. تو همیشه در کنارش بودی، حتا وقتی که صدایت نمی‌کرد. خاطره‌ها را دنبال می‌کرد تا به تو برسد. تو جان پناهش بودی. نوشته‌هایش نمناک می‌شد، وقتی که
~~~

پیدا و ناپیدا بودی. مدت‌ها بود که همانند برف ریزه‌ها سرد و وَزین شده بود. در آن لحظه بود که به یاد آورد که گفته بودی: «برای هر لمحه‌ای از زندگی، زمان و مکانی هست که اگر بگذرد، می‌گذرد و برگشتنی نیست. من هم از زمان و مکان خودم گذشتم و دیگر بر نگشتم.»

در آن لحظه بود که اصلان، به شفافیت قطره‌های باران در آمد و بارید. از شیشه گذشت، درنگ نکرد، و سپس با نگاهش که از من جدا نمی‌شد، قطره قطره چکیدیم. فرو ریختیم، بر روی پرنده‌ی تند پروازی که زمین بود. زیر بال‌هایش که جان پناه ما بود، همبستگی سرد و گرم عاطفی ما به نفس نفس افتاد. زمین با آشفتگی بال‌هایش را باز کرد و توفانی شروع شد. باران افکار، باورها، و انتظارها سیل‌آسا باریدند. چرخنده و غرش کنان، گِرد باد شک ورزی و بی‌اعتمادی بود که کندید، سوهش ناپایداری را که در ما دمیده شده بود.

با فروکش کردن توفان بود که بانگ و فریادش بلند شد. با پرهای خاکستری و پاهای قرمزش، بی‌قد و قدم در مسیری که باد پیموده بود، راه می‌رفت. دیده بود. مرغ دریایی همیشه دیده بود، باقی مانده‌ی آنچه را که پس از توفان برجای می‌ماند. دیگر به بازتاب خمیدگی نوک سیاهش در گورابی که بعد از آشفتگی توفان مانده بود، نگاه نکرد. به عادت همیشگی‌اش به دریا پشت کرد تا نبیند، شتاب موجی را که پس می‌داد غبار وَهم زده‌ی افکار و باورها و انتظارهایی را که در خود فرو برده بود.

~~~
~~~

«شِفتن»

با هوشاشدن شش زنگ ملتهب ساعت، سوزش بدنم دوباره بی‌تاب می‌شود. امروز هم مثل دیروز و دیروزهای دیگر نقش زنبور کارگری را دارم که وظیفه‌اش جمع‌آوری گرده از گل‌ها و محافظت از کندوست. کاش می‌توانستم بخوابم. الان حتمن خوابیده‌ای. تو همیشه وقت داری تا دیر وقت بخوابی. من نمی‌توانم.

لباس می‌پوشم و صورتکِ دانای کل خودم را می‌گذارم. قبل از کار می‌روم کنار ساحل. فقط من هستم و پرنده‌های دریایی که پُر ناز وغمزه می‌نازند. جای پای تو همه جا هست. قدم‌هایم را روی رد پای‌های تو می‌گذارم و به طرف درختی که بالای صخره‌های کنار ساحل است می‌روم. با هر قدمی که بر می‌دارم کوبیدن تپش خاطرات بلند و بلندتر می‌شود. می‌رسم به جایی که بودیم... *اصلان، اگه یکی از شاگردام منو ببینه چی چقدر بلنده تنش لیزه اگه سُر بخورم چی دستمو بگیر از پشت هولم بده پای راستم به لزجی تنِش داره عادت می‌کنه محکم نگهم دار دارم اوج می‌گیرم اگه این شاخه سنگینی من و تو را تاب نیاره چی اگه از این درخت بیفتیم چی اگه بیفتیم رو صخره‌ها سنگ می‌شیم اگه رهگذری ما رو برداره می‌تونه ما رو بذاره جلوی هیزم سوزشش می‌تونه وقتی مست اندر مست شد برای ما سخن رانی کنه همون طور که تو همیشه می‌کنی دارم کنارت فرود می‌آم پایین تنه‌ی درخت چقدر دور به نظر می‌رسه دارم سعی می‌کنم محکم به تو بچسبم نگهم دار محکم نگهم دار نذار بیفتم اصلان خاطره من و تو روی این شاخه نقشش می‌مونه اگه مثل نم به زمین فرو بریم اگه این درخت من و تو رو توی آغوشش فرو ببره من دیگه مجبور نیستم که ازت خداحافظی کنم دلم می‌خواد که صدای سگ ماهی‌ها رو بشنوم چرا دیگه صدای اونا رو نمی‌شنوم هر چه نزدیک‌تر می‌شم صدای اونا دور و دورتر می‌شه کاش می‌تونستم شیرجه برم*

توی آب اگه حس گرایش زمین با من در تعلیق باشه می‌تونم در آب شناور شم حتمن سوزش بدنم کمتر می‌شه اصلان دارم می‌افتم...

با لباس گل بهی رنگ من، سر کار کسی متوجه‌ی عقل از کف داده‌ی من نمی‌شود. برای یک لحظه هم به ذهن کسی خطور نمی‌کند که سه روز پیش‌تر، به مجنونه‌ی تو و عاقل و هشیار دیگران چه گذشت. هیچ‌کس نمی‌داند که قرار و آرام ندارم. هیچ‌کس نمی‌داند چقدر درمانده‌ام از خیره سری و از در تعلیق بودن. باز مثل دیروز و دیروزهای دیگر، در کلاس درس از تحریم است و استثمار و از به بن بست رسیدن گفتگوها. دوباره گوش می‌دهیم، می‌نویسیم، می‌فهمیم، و نمی‌فهمیم که در این بهشت گنگ چه می‌گذرد.

~~~

اصلان، نیمه‌های شب دوباره بلند شدم. از یک چیزی می‌ترسیدم. از چی؟ کی بود که شاهد نگاه من بود؟ کابوس بود؟ نمی‌دانم، فقط تنها چیزی که نمی‌خواستم، این بود که فریاد کسی را بشنوم.

قبل از اینکه ببینمش، فریاد بر آمدنش را شنیدم. با نوای بلند موزیک و با سرعت، به شهرک کوچک «پ» نزدیک می‌شدم که ضجه‌ی خراشیده‌ی زنی را در صحن بیابان ممتد شنیدم. سرعت ماشین و صدای موزیک را کم کردم تا شاید برخاستن دوباره‌ی فریاد را بشنوم. صدای سکوت درونی بود و دیگر هیچ. سرعت ماشین را کم نکردم و گذشتم. خسته و جان به لب رسیده از خرده چینی تو، مثل همیشه همه‌ی توش و توانم درهم ریخت تا مبادا شک و تردید تو به صبح رستاخیز برسد. باید زیر پنج ساعت می‌رسیدم. مکث هر لحظه‌ی من، چیزی جز زمینه‌سازی شک‌ها و اتهامات رنگ و وارنگ تو نبود. من برای رویارویی با یک خاطره‌ی به جا مانده‌ی دیگری، وقت نداشتم. نماندم.

صدایی که شنیدم برای ترساندن من نبود. خاصیت آتش را هم نداشت. فریاد کشیده‌اش خاصیت خاک را داشت و سرد و خشک بود.

چند ماه دیرتر وقتی باز من و تو از شمال برمی‌گشتیم، برای آرام کردن تنش عاطفی من و تو که در راه شروع شده بود، در شهرک کوچک «پ» توقف کردیم. تو از ماشین بیرون نیامدی. رنجیده از تو، در انتظار چیزی یا کسی، در فضای بیرونی قهوه خانه‌ای نشستم. با بلند شدن بخار قهوه‌ی تازه دم کرده‌ی داغ، حسی اراده‌ی سنگین پای من را شکست و به راه افتادم.

مسخ شده به چپ پیچیدم، از دو خیابان رد شدم. نرسیده به سومین خیابان، به باغچه‌ی گل‌های شب بو آن هتل رسیدم. همان هتل بود. همان جایی که اولین و آخرین بار من و تو موقع برگشت از شمال شب را گذراندیم... *قهوه داغ خیلی می‌چسبه تمام روز فکر می‌کردم که بعد از کار باید پنج ساعت رانندگی کنیم و بعد از رسیدن باید از اصلان خداحافظی کنم باید بره خونه منم همین‌طور امین منتظر منه این اولین باره که ازش دور می‌شم به هر حال الان هم دیره ساعت هشت شبه سه ساعت دیگه هم راه داریم خوب خوردن قهوه هم می‌تونه طول بکشه چرا حالتش یه جوریه چرا حالت التهاب داره خوب می‌مونیم من عادت ندارم کسی چمدونامو بیاره چه اتاق گرم و نرمیه رنگ آمیزی قشنگی داره نمی‌شه اینجا سیگار کشید می‌ریم بیرون خیابون چقدر خلوته می‌تونیم روی این پله‌ها بشینیم یه چیز عجیبی تو هواست انگار گوش دنیا به من و اونه انگار یه نفر داره من و اون رو نگاه می‌کنه چه بالش نرمیه برام کتاب می‌خونه فردا چطور می‌تونم برای یه هفته ازش جدا شم...* از رایحه‌ی گل‌های شب بو گذشتم و رسیدم به بوته‌های استوقدوس. چند شاخه‌ی ارغوانی را از بته‌اش جدا کردم و زیر درختی کنار دیوار سنگی هتل نشستم. تن من هنوز روی درخت سنگینی نکرده بود که سکوت اطرافم با صدای قطار پرشتابی از پشت دیوار تکید. به موازات ریل‌های فولادی، بدنبال مسیر نامعلومی به راه افتادم. نمی‌دانم چرا ولی

باید می‌رفتم. با نسیم نرمی وزیده شدم به طرف خشک بوته‌زاری که گیاهان دورافتاده از یکدیگر را پشت نرده‌ای فولادی، انبوهیده بود. پشت خودم سنگینی نگاهی را حس کردم. می‌دانستم و نمی‌دانستم.

خسته تن، با چشم‌های کشیده‌ی مورب، خیره نگاهم می‌کرد. در بازتاب عسلی رنگ چشم‌هایش سوگواری گذشته بود و افسوس. نگاه قهرناکش آکنده بود از آشفتن... عناد ورزیدن... دعا دمیدن... عشق ورزیدن... درماندن... درآویختن... شکیبیدن... و به هیچ رسیدن...

به طرفم قدمی برداشت و دوباره نگاهم کرد. قدم‌هایم را روی جای پایش گذاشتم و به جایی رسیدم که بود.

زن چند قدمی بطرف ریل‌های قطار برداشت و برای لحظه‌ای درنگ کرد. دنیا مکثی کرد و او با رایحه‌ی بنفش استوقدوس، ایستاده، شکن بر شکن روی ریل‌های فولادی پراشیده شد.

خاطره‌ی نقش شده‌اش باقی مانده بود و من شاهد پریشیدن او شدم. شاید سایه‌ای بود که می‌خواست کلام نگاهش را بخوانم تا فراموش نشود. شاید می‌خواست بدانم. شاید به هم رسیدن من و او در آن بُرش زمانی امر بدون علت نبود. شاید هر دوی ما گرفتار یک کابوس بودیم.

شاهد نگاه من بود؟ از کجا می‌توانست بفهمد که من هم از پاره‌ی کابوس خودش قیچی شده‌ام؟

دو خیابان دورتر، تو از نگاه من، آن نگاه زخمی به جا مانده را دیدی. می‌دانستیم و نمی‌فهمیدیم. فقط می‌دانستم که این بار او، من نبودم.

~~~

روی تابلو نوشته شده بود: «ورود ممنوع.» اصلان وارد شد. دنبالش می‌گشت. «ترلان می‌گفت باید یه جایی همین طرف‌ها باشه.» وارد جاده‌ای یک طرفه شد. چشمش به تابلوی دیگری خورد که روی آن نوشته شده بود: «تقاطع مسیر قطار.» اصلان کنار تابلو توقف کرد. سیگاری گیراند و به اطراف نگاه کرد. «همینه. نزدیک ریل‌های قطاره. باید نزدیک باشه.» دوباره ماشین را روشن کرد و راه افتاد. از سایبان درختان کهنی رد شد و از کوهچه‌های پوشیده از پیچک گل‌هایی زرد. دیدش. خانه‌ی بزرگی بود که آذین نمایی از معماری اسپانیایی داشت. با صدای خاموش شدن ماشین، ترلان بیدار شد و بهت زده گفت: «ای وای! اصلان همینه. ای وای! اون دیوار قوس دار همون دیواریه که شوهرش وایستاده بود و سیگار می‌کشید. صدای موزیک بلند بود. پشت اون شیشه‌های سرتاسری داشتن می‌رقصیدن. همینه. زنه با یه نفر دیگه بود، بغلش بود. اهمیت نمی‌داد. شوهره می‌دونست. می‌دیدشون ولی کاری نمی‌کرد. یه چیزی درست نبود. هر دو تاشون بریده بودن، از هم و از دنیا.»

اصلان داشت خیره به ترلان نگاه می‌کرد... ترلان تو کی بریدی در کارنامه‌ی تو اسم چه کسان رنگارنگی از سِن و شخصیت متنافر نوشته شده بی‌تفاوتی من کی شروع شد...

ترلان گفت: «اصلان، کاش می‌تونستیم بریم توی خونه. همه جای این خونه رو دیدم، به من نشون داد. خواست همه جا رو ببینم. دیدم.»

ترلان دستش را در دست اصلان بافت و او را به طرف دروازه‌ی بلند خانه کشاند و گفت: «اصلان، تو چی فکر می‌کنی؟ چی حس می‌کنی؟»

اصلان دست ترلان را بوسید و گفت: «فکر می‌کنم که اون زن هیچوقت نمی‌خواست وجودِ عاطفی و شخصیتی شوهرش رو عامدانه نادیده بگیره... *تو هم همین طور می‌خوای نادیده‌ام نگیری ولی می‌گیری*... حتمن افتاده بودن توی دایره‌ی بازی‌ها و دروغ‌های مصلحت آمیز که نتیجه‌ای جُز تلاطم وَ در آخر

گسیختگی نداشت... توی رابطه‌ی پیچیده‌ی ما هم تو فکر می‌کنی نیازهای خاص تو فقط به خودت مربوطه من نَباید بِفهمم نباید بدونم که در پشتِ سرِ تو چه گذشته بزعمِ تو نباید از اونا باز گفت توی دایره‌ی بازی‌ها و دروغ‌های مصلحتی گیر کردی...»

از فراز شاخه‌های درختان صدای فریاد دسته جمعی کلاغ‌ها شنیده می‌شد.

ترلان گفت: «اصلان، می‌دونستی که وقتی یه کلاغ می‌میره، کلاغ‌های دیگه جنجال عجیبی به راه می‌اندازن و در مرگ اون سوگواری می‌کنن و براش مراسم به خاک سپاری می‌گیرن؟»

اصلان گفت: «کلاغ حیوان باهوش و با شعوریه. درک منصفانه‌ای از قانون زندگی داره. ترلان، می‌دونستی که اگه کلاغی قانون شکنی بکنه، کلاغ‌های دیگه به طرفش حمله ور می‌شن تا اون جون بکنه؟ شاید صدای فریاد دسته جمعی این کلاغ‌ها هم برای اینه که زنی که توی این خونه زندگی می‌کرد، بی‌گناه نبود. برای همین خودشو انداخت روی ریل قطار.»

ترلان گفت: «شوهرش زنده است برای اینکه بی‌گناهه؟»

اصلان گفت: «از کجا می‌دونی که شوهرش زنده است؟ تو فقط یه چیزی دیدی که قابل توضیح دادن نیست. بعدش هم توی خواب خونه‌ی اونا رو دیدی و فکر کردی اینجاست. این هم قابل درک نیست. خوابتو دنبال کردیم و الان اینجاییم. من و تو در واقع از هیچی مطمئن نیستیم، هستیم؟»

ترلان شروع کرد به گریه کردن و دست اصلان را پس زد و گفت: «با دامن بلند رنگارنگ و یه شال، توی چمن زاری راه می‌رفت. شال زردش توی باد می‌رقصید. زن سبک بود و آزاد. آواز می‌خوند و انگار گل‌های وحشی اون چمن زار باهاش می‌رقصیدن. این خاطره رو هم دیدم. خیلی ساده ست، نمی‌دونم چرا هیچکس نمی‌گیره. دیگه هیچکس باور به دوست داشتن نداره. دوست داشتن به سادگی همون عکسیه که روی دیوار زدم. تصویر زنی که روی یه الاغ سفید

نشسته و با دندون‌هایی که نداره، داره لبخند می‌زنه، حتا با اون چندین لباس کهنه‌ی رنگ و رو رفته‌ای که روی هم پوشیده و با اون جوراب‌های ساق کوتاش که پوست سفید پاهاشو نشون می‌ده. می‌دونی چرا؟ چون جفتش بیل بدست، با اون کت و شلوار پاره پاره شده و خاک خورده‌ی خودش، نه تنها خمیدگی پشت خودشو می‌کِشونه بل که بی چند و چون الاغ رو هم هل می‌ده تا اون هم خودش رو با بار سنگینش بکشونه.»

اصلان پوزخندی زد و گفت: «بی‌چند و چون؟ نه بابا جان! برعکس! مَرده دستش رو روی الاغ گذاشته تا تکیه گاهی داشته باشه. باید یه جوری بتونه تن نحیفشو بکشه. و اینکه اگر زن ناخوش نباشه، واضحه که از مَردش قویتره، منتها سنت‌ها دو طرفه هم کار می‌کنند. مَرد چون مَرده، باید حمّالی هم بکنه، و ما انواع حمّالی داریم!»

ترلان در خودش تنید و گفت: «تن نحیف؟ حمالی؟ سنت‌ها دیگه دو طرفه کار نمی‌کنند، می‌کنند؟... *خیلی ساده است فقط یه جمله است اگه بخواد می‌تونه حس خودش رو به کلام بیاره نه حتمن با منطق بزرگ منشی جور در نمی‌آد تمام اینا عامیانه‌ست اگه به طرف یکی دیگه هم می‌رفتم حقم بود وقتی با ذربین به من نگاه می‌کنه که ببینه من یه موجود کاملم یا نه وقتی با بُهتان زدن نازم می‌کنه چه حقی داره از دایره‌های بازی‌ها و دروغ‌های مصلحت آمیز حرف بزنه وقتی به زور کلمه‌ی عاطفه از دهنش در می‌آد چه حقی داره وقتی می‌گه تا موقعی هستیم که هستیم وقتی که فقط باور به صیغه‌ی عاطفی کردن داره چه حقی داره حق من چی چه حقی داره می‌گه من پس می‌زنمش کدوم دایره‌ی بازی‌ها و دروغ‌های مصلحتی هیچ فکر می‌کنه که اگه توی این دنیا هیچ کس دیگه‌ای هم وجود نداشته باشه من همیشه باید جواب خودم رو پس بدم هیچ فکر می‌کنه که من باید منکر و نکیر خودم باشم هیچ فکر می‌کنه منی که دیگه چیزی ندارم از دست بدم نمی‌آم بخاطر هیچ و پوچ این دنیا خودمو خراب کنم حق من چی چه حقی*

داره چه اصلان چه شوهر اون زن چه هر مرد دیگه‌ای... دیگه هیچکس مفهوم حس کردن رو نمی‌فهمه. دیگه هیچکس دوست داشتن رو هم نمی‌تونه هجی کنه. فردا پس فرداهای دیگه هم فعل دوست داشتن رو از فرهنگنامه‌ها حذف می‌کنند و می‌گنن غلط ننویسیم چون همیشه غلط نوشتیم، همیشه اشتباه بوده.»

اصلان با لبخندی ترلان را بغل کرد و گفت: «خوب، خانومی این قدر آتشی نشو. بذار این زن و شوهری که زمانی بوده بودن، به حال خودشون باشن. این کلاغ‌ها هم خودشون می‌دونن.»

~~~

ترلان می‌نوشت که نوشته باشد:

ایرج، از پیش اصلان که می‌آمدم خودم را در زمان و مکان گم می‌کردم، به او فکر می‌کردم و به غم و غیظی که همیشه در درون او بود، به پیش آمده‌ها، به دل آزردگی‌ها، و به بی‌زمانی باور او که می‌گفت: «هستیم تا موقعی که هستیم.» همیشه وقتی که به قسمت کوهستانی آن جاده‌ی پر پیچ و خم می‌رسیدم، حضور او را احساس می‌کردم، همیشه حضورش بود. آن جا بود که جا گذاشتم، سوهِش خودم را. گفتم: «دراین فضای گسترده، این کوه‌ها جفت جفت در کنار هم روز را به شب می‌پوشانند. در چین خوردگی درهم و پیچیده‌ی فشرده شان، کوه‌های گسلی از بین رفته‌اند. در سکوت و وقار کوه‌ها نشانه هایی وجود داشت. چُنگیدن کوه‌ها از آمدن و گذشتن و رفتن بود. می‌خواستم جفت جفت کنار او روز را به شب بپوشانم و با او چین بخورم و در پیچیدگی هر نفس بودن، در کنار او سپری بشوم.»

ایرج، تو همیشه شاهد بودی. پیام کوه‌ها را شنیده بود ولی نشانه‌هایشان را نادیده و داستانشان را ناشنیده گرفته بود. واقعیت یا حقیقت ما در کجا گره
~~~

می‌خورد؟ چطور می‌توانستم با خاطرات جامانده‌ی دیگران، توان دیدن و حس کردن نهفته‌ها، و توهم بینایی و یا حتا حضور ناپیدای تو پاره پاره نشوم؟

از جایی که من گذشتم... از جایی که او گذشت...

رنجور از بی‌نهادی و از فرو رفتن در یک صیغه‌ی عاطفی و خسته از انتظار کشیدن برای او بسته می‌شدم. انگار صدای من به گوش او نمی‌رسید. همیشه به قضاوت می‌نشست. با همان حسِ نفرین شده‌ی دریافت از دور، به دیگری و یا دیگران قدرت می‌داد، بسته می‌شد، می‌برید، و می‌شکست. صدای او را می‌شنیدم که از من گله می‌کرد و می‌گفت: «نباید صداتو ببِندی.» بارها و بارها به دنبال صدای او گشتم و بارها و بارها در کنار دیوار کشیده شده‌ی او پراشیدم. چرا حق او بود که صدایش را از من بگیرد ولی حق من نبود؟

حالت و رفتار من را تجزیه و تحلیل می‌کرد و به این نتیجه می‌رسید که من با او بازی می‌کنم. رفتار من را زیر سوال قرار می‌داد و فکر می‌کرد که من ضعیف النفس و بی‌تدبیرم. قبل از آمدن او، در عمری که گذشت آزاد بودم و می‌توانستم چیزهایی را که دوست داشتم، دوست داشته باشم. پاهایم همیشه با اراده‌ی خودم روی زمین خاکی سنگینی می‌کرد. در روشنفکری و آزادگی او، آزادی من گرفته شد. دچار کابوسی شدیم که بیداری نداشت. اصلان، همیشه از مرز عشق و نفرت می‌گذشت و شک و تردید با رگه‌هایی از دریافت دور و نزدیک، مثل بختک به جانش می‌افتاد. همیشه دنبال رد پای کسی یا چیزی می‌گشت. با اصلان، در این خوابی که بیداری نداشت، فراخ دامنی رنگ برنگ روانم دیگر توی هیچ چمن زاری دیده نشد. دیگر کسی صدای پای کوبی رقص گل‌های وحشی شال بوته‌ام را نشنید.

ایرج، چرا اجازه دادم؟

وقتی که رها بودم، همه چیز ساده بود. خیلی ساده بود، دوست داشتن. تک تک سلول‌های من امید داشتند. سرپیچی کردند و باور نکردند که روزنه‌ی امیدی

نیست. شبی که از تونل مه گرفته‌ی کوه‌ها رد می‌شدم، از کبوتر کوچکی که در نیمه‌های شب خمار خوابش را از یاد برده بود، ترسیدم. وقتی که در تاریکی شب در فاصله‌ی دم یک نفس چسبیده به شیشه‌ی ماشینم پرواز می‌کرد، نترسید ولی من ترسیدم. بدون اصلان، چطور می‌توانستم، نترسم؟ او می‌دانست. می‌دانست که چیزی بزرگ‌تر از من و او و ما همیشه پنهان است. با توان نفرین شده‌ی دیدن، بدون اصلان، چطور می‌توانستم، نترسم؟ وقتی که اصلان با بهتان زدن، نوازشم می‌کرد، باور نکردم. امید بسته بودم، به اصلانی که از یاد برده بود صدایم کند: «خانومی.»

~~~

«پَرمُودَن»

هوا تاریک شده و انگار امشب به گونه‌ای تیره و تارتر از دیشب‌های دیشبه. وحشت دارم وارد اتاقم بشوم. از گذشتن از کنار تشک می‌ترسم... *لباسای امین رو باید خوب اتو کنم می‌خوام صاف بشن خودش نمی‌تونه حوصلشو نداره چروک می‌شن هر جوری توی چمدون جاشون بدی بازم چروک می‌شن کاش توی دنیا چمدونی وجود نداشت اون وقت شاید این قدر ما چمدون به دست از هم خداحافظی نمی‌کردیم چقدر پسرک نازم حرف داره برای گفتن کاش تک بچه نبود یه روز اگه من نباشم چی سرش می‌آد تلفن رو برداره به کی زنگ بزنه یه جورهایی همیشه تنهاست اگه من بمیرم چشمام همیشه باز می‌مونه گرمای بخاری چه خوبه بارون داره تندتر می‌شه خوابش برد مثل اون موقع‌ها که کوچیک بود فردا همین موقع دیگه اینجا نیست بازم باید برگرده افسون جدایی رو کی برای من خونده بود آره خودم بودم نفهمیدم و خوندم آره خودم بودم...*
از نشستن روی مبل می‌ترسم و از خیره شدن به گر گرفتگی سنگ‌های صخره مانندی که من و تو کنار ساحل پیدا کردیم... *اصلان بگیر توی دستت حسش کن چی بهت می‌گه از هر طرف نگاش کنی یگانه‌ست خاطرات سنگ شدن همشون سنگ شدن دریا هم نتونسته زخم‌های فرو خورده رو از روی این سنگ‌ها بشوره زمان هم نتونسته نقش‌ها ریشه ریشه شدن ولی فراموش نشدن اصلان من اینو می‌خوام این سنگ التهابی توشه این قسمتش که سرخی خون رو داره این سنگ می‌دونست داره فرو می‌خوره نمی‌خواست ولی چاره نداشت اینو می‌خوام می‌ذارمش روی شومینه آها اون یکی رو هم می‌خوام این دو تا جفت همن...* از نزدیک و نزدیک‌تر شدن دیوارها و خاطره‌های نگارش شده می‌ترسم و از بانگ تیک تاک آونگان ساعت که مثل بختک بجانم می‌افتد... *چقدر رستوران گرمه احساس امنیت می‌کنم امین و دوستش مثل همیشه از یه چیزایی*

حرف می‌زنن که من نمی‌فهم میز اون دخترا خیلی نزدیک به ماست چقدر هر دو جوونن مثل شاگرداشن اصلان شال گردن تازشو پوشیده همون که با هم خریدیم ای وای گوشت مرغ از گلوم پایین نمی‌ره کاش فاصله‌ی میز اون دخترا دورتر بود کاش اصلان اون کارو نکنه سرش رو با من روی یه بالش گذاشته باهاش عرق کردم ای وای داره دستشو بلند می‌کنه بشکن می‌زنه می‌گه این جوری می‌تونم بلندشون کنم حالا سرش رو روی بالش کدومشون می‌خواد بذاره با کدوم می‌خواد عرق کنه حالم داره بهم می‌ریزه امین و دوستش دارن نگام می‌کنن دیگه لبخند نمی‌زنن کاش آب می‌شدم پاهام سنگین شدن چطور می‌تونم خودمو به در برسونم حالم داره بهم می‌ریزه نباید گریه کنم همیشه می‌گه اخلاقیه ولی حالا بشکنش مال کدوم یکی از اون دختراست حالا با اون باورهای اخلاقیش با کدوم یکی از اون دخترا می‌خواد عرق کنه... از سنگینی پاهایم که از اتاقی به اتاقی دیگر کشیده می‌شوند می‌ترسم و از بانگ گرگر سوختن پوست تنم که به بیرون درز می‌کند. از خوابیدن می‌ترسم و از گره خوردن کابوس‌های خواب و بیداری... چراغم روشن نمی‌شه ای وای روشن نمی‌شه یه حضوری توی اتاق منه باید یه چراغ تازه می‌خریدم ای وای روشن نمی‌شه چند دفعه آخه چند دفعه باید از کابوسم بیرون بیام بعد توی بیداری هم حسشون کنم فرق کابوس و بیداری رو دیگه نمی‌فهمم پلیس هم نمی‌تونم صدا کنم منو می‌برن تیمارستان تلفنم کجاست اصلان یه کاری بکن بازم یه حضوری اینجاست تلفنمو کجا گذاشتم چراغ روشن نمی‌شه نه روشن نمی‌شه... از نگاه کردن به در می‌ترسم و از دستگیره‌ی دری که چرخیده نمی‌شود... ای وای کیه که در می‌زنه چکار کنم باید نادیده بگیرم هر کی باشه دیر یا زود می‌ره نه ول نمی‌کنه بوی گل مریم می‌آد ای وای اگه می‌دونستم درو زودتر باز می‌کردم کلیدت کجاست فکر نمی‌کردم دیگه هیچوقت ببینمت اصلان با بوی گل مریم اومدی... از آمدنت می‌ترسم و از رفتن دوباره‌ی تو.

~~~

از لای دفترم، کاغذ زردی به روی زمین افتاد. نوشته بودی:

«ترلان جانم، در این روز بارانی قشنگ که بار دیگر باز می‌گردم خیلی دوستت دارم و دلم برایت خیلی تنگ می‌شود. تا دیدار نزدیک بعدی هزار بار می‌بوسمت.»

وقت خداحافظی بود و ریزش باران بند نمی‌آمد. جامه‌دان و کتاب‌هایت بار بستند و آماده‌ی سفر شدند. دور خودت می‌چرخیدی و توی اتاق‌ها دنبال چیزی می‌گشتی. نگاهم دور تو می‌چرخید. دنبال یکی از حضورها گشتم. کاش یکی از آن‌ها را دست به دست جامه دانات راهی جاده می‌کردم و تو جا می‌ماندی.

گفتم: «اصلان، یه چیزی رو جا بذار.»

خندیدی و گفتی: «چی رو؟»

با گریه گفتم: «اصلان، یه چیزی رو جا بذار! ازت می‌خوام یه چیزی رو جا بذاری!»

نشستی و دست تو پَر و بال‌های خودش را با تکان‌های ریز و پیاپی به هم زد و شروع کرد به نوشتن. دیرتک بلند شدی و بغلم کردی و یک کاغذ زرد توی دستم گذاشتی.

گفتی: «این نوشته رو جا می‌ذارم. وقتی رفتم، بخون.»

گفتم: «چرا یک کاغذ زرد؟ این همه کاغذ و تو حتمن باید یک کاغذ زرد جا بذاری؟ زرد رنگ جداییه.»

گفتی: «زرد اصلن هم رنگ جدایی نیست... دیگه بسه... قبل از اینکه حال هر دوی ما خراب‌تر بشه، من برم.»

دوباره سرگردان دنبال چیزی می‌گشتی. نگاهت روی گل رز صورتی فرود آمد. گلدان را بغل کردی و آماده رفتن شدی.

گفتم: «برای چی این گلدون رو می‌بری؟ این گل رو خودت برای من خریدی.»

گفتی: «خودت گفتی که این گل رز صورتی بدون من غنچه نمی‌ده. خودت... خودت گفتی هر دفعه من نیستم، غنچه هاش پژمرده می‌شن. خوب حالا با خودم می‌برمش تا جون بگیره. به یک دلیلی این گل اینجا جون نمی‌گیره.»

گفتم: «اینجا هیچی جون نمی‌گیره. اول که می‌آی، اینو نمی‌دونی. در این شهر، با این همه حس به جا مونده، آدم‌ها زود پژمرده می‌شن.»

گفتی: «حالا هر چی...»

گفتم: «اصلان، گل صورتی رو می‌بری و منو جا می‌زاری؟»

گفتی: «من باید برم.»

دستگیره‌ی در سرآسیمه توی دست تو چرخید و رگبار پریشان باران وارد اتاق شد و تو خارج شدی. به دنبالت نیامدم. پشت در ایستادم. سرم را روی کوبه‌ی دری که می‌توانست باشد گذاشتم. امید داشتم که در بزنی. صدای قدم‌های تو را که می‌توانست باشد شمردم. کوبه‌ی در بود که بالاخره صدای قدم‌های دور و دورتر تو را باورید و پس کشید. نشستم و به پشت کاغذ زرد نگاه کردم.

اصلان نوشته بودی:

وقتی ستاره هایی درشت می‌چیدم
ستاره‌ی کوچکی از پشت یکی پرید و چشمک زد
یعنی مرا بچین
دست دراز کردم، از لای انگشتانم سر خورد
پرسیدم: کجا می‌روی؟ بیا توی مشتم
چرخید، نوک انگشتم را بوسید و رفت لای ستاره‌ها...
چند لحظه گمش کردم
ولی این یکی تلالویی طولانی داشت

انگشتانم را باز کردم

آمد لای انگشتم، نشست و ...

گفت: *من ستاره‌ی عشقم، به هر کسی خودم را نشان نمی‌دهم*

گفتم: *پس ستاره‌ی من شو!*

برای همیشه در مشتم لانه کن

گفت: *پس چطوری چشمک بزنم*

گفتم: *در کف دست من*

گفت: *آنوقت فقط تو مرا می‌بینی*

گفتم: *تو را به همه نشان می‌دهم*

گفت: *حسادت می‌کنند*

گفتم: *حسادت هواست و توخالی*

گفت: *ولی ستاره‌ها توی فضاهای خالی چشمک می‌زنند*

گفتم: *من ستاره‌های درشت را می‌دیدم و می‌چیدم و از توی مشتم رها می‌کردم، مثل قاصدک ...*

گفت: *ولی من کوچکم، لیز می‌خورم*

گفتم: *ولی ستاره عشق هرازگاهی باید جایی بنشیند*

گفت: *می‌نشیند و سُر می‌خورد تا دیگران حسادت نکنند*

گفتم: *پس سهم من چه می‌شود؟*

گفت: *سهم تو لای انگشتانت است*

گفتم: *ولی می‌خواهم در مشتم باشد*

گفت: *اما مُشتت را باید باز کنی تا مرا ببینی، و من باز سُر می‌خورم...*

اصلان، چرا هیچوقت نتوانستی من را نگاه کنی و آن چه را که در آن کاغذ زرد نوشته بودی، ابراز کنی؟

~~~
~~~

ترلان می‌نوشت که نوشته باشد:

ایرج، گل رز صورتی بدون او غنچه نمی‌داد. وقتی او می‌رفت، گل رز قهر می‌کرد و پژمرده می‌شد. آن روز موقع رفتن، گل صورتی را بغل کرد، از صدای سگ ماهی‌ها دور شدند، از قسمت کوهستانی آن جاده‌ی پر پیچ و خم، و شوری کنار دریا گذشتند، و به چلچراغ چشمک زن شهر فرشتگان رسیدند. با هم از پله‌های آغشته به عطر یاس بالا رفتند و دستگیره‌ی در را گرداندند و هم خانه شدند.

در مشت باز او، گل رز صورتی رویید و بالیده شد، و من از لای انگشتانش سُر خوردم.

ایرج، چرا اصلان همیشه حقیقت من را در زرورق واقعیت ناملموس خودش می‌پیچید و فکر می‌کرد که شهامت عریان شدن ندارم؟ داستان ناشنیده‌ی من را ضعف من و یک عادت فرهنگی خطاب می‌کرد و رنجور از اعتقاد من که یک چیزهایی بهتر است ناگفته بماند. نقطه چین ناگفته‌های من برایش لایه‌مند بودند، لایه‌هایی که باز نمی‌شدند. ناگفته‌هایی از پس هزاران هزار سال میراث تاریخی و فرهنگی؟ ناگفته‌هایی بودند برای گفتن؟ ناگفته‌هایی که چیزی نبودند به جز گفته‌هایی که شنیده نشدند؟ گفته‌هایی که چیزی نبودند به جز تارهای گیسویی که پوشیده نبودند؟ ضعف من در مقابل قدرت او بود یا در دلشکستگی و پس خوردگی؟ ترجمه‌ی اشتباه لفظی «ما» به جای «من» در موقع رانندگی، در سربالایی یا سرازیری کوه‌ها یعنی داشتن همراه در راه؟ ضعف من در بونه گرفتن در لحظه‌ی جدایی و فرار از خرده گیری و از شنیدن کلمات بهتان آمیز بود یا قضاوت او در شتاب من برای بودن با دیگران؟ چرا از پس هزاران هزار سال ترلان بودن، هنوز منِ ترلان باید جوابگو باشم؟ برای نگاه یک دیگری که روی من سنگینی می‌کند؟ هنوز از پس هزاران هزار سال اصلان بودن، هرز رفتن نگاه

او برای یک دیگری، از من ریشه می‌گیرد؟ و هنوز انگشت سبابه اش باید روی منِ ترلان تلوتلو بخورد؟

چیزی که اصلان درک نکرد این بود که هنوز و هنوز از پس هزاران هزار سال، انگشتانم نمی‌توانند بشمارند ناگفته‌ها را. ناگفته‌هایی که شنیده نشدند و نمی‌شوند. ناگفته‌هایی از حس پوست عریانی که با مفهوم گناه آشنایی ندارد، از شیفته گونه دوست داشتن، و از هم آهنگی چُنگیدن دو تن. ناگفته‌هایی از باورهایی در پنهان که با دهان بسته خندیدند و با چشم خندان گریستند. و باز ناگفته‌هایی از دختر بودن، زن بودن، مادر بودن، برای دیگران زیستن، حفظ آبرو کردن، خود نبودن، و همه چیز بودن و هیچ نبودن.

ایرج، خواستم در مشتش لانه کنم تا لیز نخورم. نگفتم تا بگوید. خواستم که بگوید در کف دستم باش، دستی که دم گذر نیست. دستی که ضعیف است و قوی ولی هست، همیشه هست. از ذهنش نگذشت که بگوید. و گفت، همیشه گفت روزی که بروم، وقتی که تنها بروم.

ایرج، من از لای انگشتانش سُر نخوردم. مُشتش باز نبود.

~~~
~~~

«ژَکاریدَن»

صبح زود با وحشت از خواب بیدار می‌شوم. خواب می‌بینم با کسی که نمی‌شناسم، بیرون رفتی. به تو زنگ می‌زنم و تو جواب نمی‌دهی.

باز به ایوانچه‌ی کوچکم پناه می‌برم. باران بند آمده و درخت بنفش پوش، اشکریزان مشغول در چیدن شاخه‌های شکسته‌ی خودش است. گریه‌ام می گیرد و می گویم: «وقتی لحظه‌ی جدایی می‌رسه و شاخه‌ها می‌شکنن و جدا می‌شن، دیگه حسی نمی‌مونه و بیم دل کندن نم می‌کشه؟» درخت سرش را به طرف پایین خم می‌کند و چیزی نمی‌گوید.

چقدر در این لحظه دلم می‌خواهد مادرم را ببینم. روزی که برای آخرین بار صورت چروکیده‌اش را می‌بوسیدم، گفت: «اگر تو رو ندیدم و مُردم، دستام از قبر بیرون می‌مونن.» *...ماما کلوچه‌های فومن رو یه جوری برای من توی زرورق می‌پیچه که عالم امکان هم نمی‌تونه اونا رو بخشکونه صورت صابونی رنگ چروکیده‌اش رو می‌بوسم و می‌دونم که تنها تحفه‌ی من از بوی شمالم همین کلوچه‌های نرم و گرم پیچیده در زرورق‌ان شاید کلوچه‌های فومن یاد آور سی و چند سال خاطره‌ی فراموش شده در ذهنش باشن اصلان منتظر سوغاتی خودشه پشت ماشین رو باز می‌کنم بسته رو در می‌آرم می‌دم دستش حرفی نمی‌زنه به زرورق پیچیده خیره می‌شه برای یک لحظه شرمنده‌ام که سوغاتی بهتری براش نیاوردم نگام می‌کنه داره گریه می‌کنه دستش رو روی شونه‌ی من می‌ذاره و می‌گه ترلان با این کارِت دیوونم کردی شکل این کلوچه‌ها یادم رفته بود کلوچه‌های توی جعبه یه چیزشون درست نبود نمی‌دونستم چی حالا که این کلوچه‌ها رو می‌بینم رنگ و بو و جای انگشتای روی این کلوچه‌ها منو می‌بره به سی و چند سال پیش همینه عمر آدم زیاده ولی برای عمر یه خاطره یه لحظه ست خاطره‌ها این جوری با آدم بازی می‌کنن با گریه‌ی تو گریه‌ام می‌گیره می‌گم اصلان یادته*

به من می‌گفتی که اون وقتا به سه دلیل می‌رفتین شمال اولیش دریا بود دومیش جنگل و بارون بود سومیش هم همین کلوچه‌ها بود دریا و جنگل و باران گیلان رو نتونستم برات بیارم فقط همین کلوچه‌ها تو چمدونم جا می‌گرفتن...

تاب سکوت ایوانچه را ندارم. هنوز و هنوز شَرنگ تلخ پاره پاره تنم را می‌سوزاند. وارد اتاقم می‌شوم. نمی‌خواهم هیچ چیز همان جایی که بوده، باشد. مبل‌های به هم پیوسته‌ام را از هم جدا می‌کنم وکشان کشان دور از هم قرار می‌دهم. برگ‌های میز عسلی را باز می‌کنم و فضای خالی اتاق پر می‌شود. چینه بندی شمع‌ها و گلدان‌ها را عوض می‌کنم. روبالشی‌های قرمزم را پیدا نمی‌کنم... *دارم رنگ برنگ می‌شم مگه می‌شه نشد رنگ و وارنگ از پایین تا بالا چیزهای مختلف چیدن چطور می‌شه با این همه رنگ شاد نبود اگه بتونم همشو می‌خرم هر روز یه رنگ یه روز می‌تونم قرمز باشم گرم باشم دم زندگی و زنده بودن باشم با گرم‌ترین رنگ‌ها می‌تونم مثل عشقه بپیچم به ریشه‌ی دنیا یه روز می‌تونم سبز باشم آروم باشم با حس طراوت و سر زندگی بذارم دنیا آرزو کنه یه روز می‌تونم آبی باشم آسمون بشم حس افسردگی رو با ابرهام بپوشونم تا تاسیدن از یادشون بره یه روز می‌تونم سفید باشم فرشته بشم و آرنَگیدَن رو به سیاهی یاد بدم تا دیگه شک و تردید نکنه و رنگی به خودش بگیره خیله خوب می‌دونم وقت نداریم قرمزه رو می‌خوام...* تمام لباس‌هایم را وسط اتاق می‌ریزم. لباس قرمزی را که تو دوست داشتی، وسط رنگین کمان لباس‌ها با سوزش دل کندن از بن و بیخ برانیده می‌شود و به نفس نفس می‌افتد... *با من گریه کن می‌دونم درد داره مال منو کسی ندید از کمر می‌بُرمِت درزهات نخ نخی شدن آستین چیت دیگه قابل دوختن نیست باید این جوری بُبرمت تا دیگه انتظار نکشی قیمتت هنوز روته با من گریه کن چون هیچ وقت فرصت نداشتی بیرون بیای همیشه توی کمد قایمت کردم با قیچی می‌افتم توی جونت که دیگه امید نداشته باشی...* روبالشی‌های قرمزم نیستند. باید یک جایی باشند. کجا؟ تک تک

جعبه‌های سنگینم را از توی شکاف بیرون می‌آورم و باز می‌کنم. انگار روبالشی‌های قرمزم آب شده‌اند و رفته‌اند زیر زمین. کتاب‌هایم را یکی یکی روی زمین واژگون می‌کنم. بانگ نالیدن کتاب شعر تو، تشک را پریشان حال وارونه می‌کند... *داره با مداد امضا می‌کنه کی همچین کاری می‌کنه اصلان نکن با مداد پاک می‌شه برادرت توی این شعر زنده می‌مونه صوفی‌ی این جهانی با این شعرت همیشه می‌مونه عادت خوبی نیست باید با خودکار باشه باید بمونه حیف شد کاش می‌دیدمش خوب حالا با منه*... روبالشی‌های قرمزم باید پیدا بشوند. قالی را کشان کشان حرکت می‌دهم. زیر قالی چیزی جز یک پَر به جا مانده، چیزی نیست... *اصلان این پَرو بردار مثه یه قلم قدیمی می‌مونه بزن توی جوهر بذار بنویسه از گذشته‌هایی که بوده اسراری که گفته نشده این پر می‌تونه بنویسه بَرش دار*... روبالشی‌های قرمزم را پیدا نمی‌کنم. به اتاقم نگاه می‌کنم و به باقی مانده‌ی سیاه بادی که از آن رد شده بود. تعبیر خواب من چیست؟ چرا باید خواب ببینم با کسی که نمی‌شناسم، بیرون رفتی؟ چرا نیستی؟ چرا پیدایت نمی‌کنم؟

~~~

ده قدم به جلو رفت و ده قدم به عقب. جایی برای قدم یازدهم نبود... *کِی می‌خوان بیان امروز می‌خوان چکارم کنن چیزی برای گفتن ندارم چی باید بگم مادر داره گریه می‌کنه کاری از دست من بر نمی‌آد با این عینک‌های سیاهشون چقدر پرخیده بنظر می‌آن نمی‌شه کتاب‌های منو دارن به هم می‌ریزن پدر هنوز خبر نداره اینقدر قدم می‌زنم که نتونن منو بشکونن چیزی برای گفتن ندارم باید به اندازه‌ی انگشت‌های دستم قدم بر دارم این امروزها یازده چقدر وابسته ست هفت هشت نه ده هفت هشت نه ده به یازده نمی‌رسم یازده چقدر وابسته ست به زنده موندن*... پای اصلان به جعبه‌های وسط اتاق خورد... *توی هر جعبه*
~~~

پونزده تاست همه روی هم شصت و شیش تا جعبه وسط اتاقم نتیجه این همه نوشتن این همه سال این همه گرسنگی کشیدن روی صفر خرج کردن حالا با این همه جعبه با این همه کتاب نمی‌تونم یازده تا قدم بردارم... روی صندلی چرمی‌اش نشست و به صفحه‌ی رایانه‌اش خیره شد... *دیگه جونی برای من نمونده هر دفعه ترلان می‌آد بازی‌های عاطفی در می‌آره موقع رفتن بونه می‌گیره حالم رو دگرگون می‌کنه تمام تنم درد می‌گیره دارم علیل می‌شم می‌دونم تنهاست از بیمارستان در اومده اگه برم پهلوش حال خودمم هم خراب می‌شه نمی‌کشم می‌دونم تنهاست نباید توی این حالت روحی تنها بمونه ولی دیگه نمی‌کشم کاش الان یکی پهلوش بود من نمی‌تونم...* پیام نگار را باز کرد. پیامی رسیده بود. از سالار بود. اصلان شروع کرد به جواب دادن پیام سالار. ترلان را هم شامل کرد. نوشته بود:

«امروز دو شاخِ شمشادِ تازه به هم پیوسته سرزده آمده بودند به دیدنم. عصر و پاسی از شب را با هم گذراندیم وُ رفتند تا صبح بیایند و نان و پنیری بخوریم. همین را بگویم که هردو با حال وُ در هواهایِ خودمان بودند. چند پیکی عرقی زدیم، رفتند از پسِ نیمه شب. در این لحظه سی دی کیهانِ کلهر با علی اکبرِ مرادی را می‌زنند و در مستی دل زخمه از هزاره‌هایِ سوخته می‌تکانند... چند کلمه هم برایِ تو روانه می‌کنم...

رفیق نازدار به غمزه‌ی روزگار، می‌دانی زبان باز کردن در قفایِ آن دیگری، حرمت شکستن است از برایِ امثالِ من وَ تو. پس زبان در قفا پیچیده‌ام به حُرمتِ آنچه از برایِ آن زیسته‌ایم. شاید تو این بَس مُجمل از حدیث مفصل بخوانی؟ وَ بگذرم که می‌ماند اندک عزلتی؟ وَ لحظه‌هایی را دزدیدن وَ شاید نوشتن؟»

~~~

ترلان می‌نوشت که نوشته باشد:
~~~

ایرج، سرت، متمایل به راست، روی بالش نقش انداخته بود. لنگر نگاهت روی در میخ کوب شده بود. در انتظار آمدنش بودی و حرفی برای گفتن داشتی. اصلان نیامد و حرف تو شنیده نشد. گردنبند یاقوت مادرت را توی دستم گرفتم و در انتظارش با گریه به خواب رفتم. برای من هم نیامد.

ایرج، چرا همیشه در این لحظه‌ها است که توانش را از دست می‌دهد و با دل تنگی از زمین و زمان گسسته می‌شود و همه را در انتظار خودش می‌گذارد؟

باز سایه‌ی «بی‌چگونه‌ی» سیاه پوش داس به دست در آستانه‌ی در ایستاد. هم راستای زندگی، دستم را بطرفش دراز کردم. با نگاهی مردد ولی مهربان تر از نگاه اصلان، باز پراشید و من باز جا ماندم.

من با حس درماندگی یک زنده بگور که با لجاجت هر چه تمام‌تر روانم را فرو می‌کشید، چرخ زدم و او با «دو شاخِ شمشادِ تازه به هم پیوسته» مَستید و حالی گذراند. نان و کره و پنیر و چای و عسل او، و نان و پنیر و مربای من در قفای آن‌های دیگر خورده شد.

سه روز بعد از آن چه که بر من گذشت، چطور می‌توانست؟ وقتی که من با صدای سوراخ شدن پوست تنم سُر می‌خوردم و مسافت بی‌پایان بودن و نبودن را می‌پیمودم، او با دیگران چند پیکی عرقی زد؟ اینجا بود که او فردیت یگانه، آزاده، فرارونده، بالنده، واخلاقی خودش را در رابطه با من نشان داد؟ اینجا بود که برایِ تنازع بقای عاطفی در خود تنید و به عنوان یک مرد قلم به دست آگاه بود و درعمل چوب روشنفکری خودش را دو طرفه خورد و نیامد؟

قشنگ‌ترین خاطرات ما در آن قهوه خانه بودند، املت خوردن‌های ما و قهوه‌های ترکی که به بازی فال گرفتن ختم می‌شد. می‌گفت: «بدون تو تاب رفتن به اون جا رو ندارم. اون جا، حریم منو و توست.»

بدون او قهوه ترکی درست کردم و نوشیدم و فنجان را برگرداندم. به قهوه‌ی خشک شده در فنجان نگاه کردم: «یار یگانه‌اش بودی و در فاصله‌ی مکانی دویست و هفتاد و نه دهم میلی تو را وا نهاد.»

دیگر انگشت شَست من به انتهای فنجان نخورد.

~~~

«سوگیدَن»

دیگر مثل دیروز و دیروزهایی که گذشتند، به ایوانچه‌ی کوچکم پناه نمی‌برم. دیگر نمی‌خواهم بدانم که باران می‌بارد یا اینکه درختان باران خورده‌ی نم ناک با شاخه‌های بی‌برگ در فروتنی در انتظار اولین روز بهار هستند. دیگر نمی‌خواهم شاهد روییدن شاخه‌های تازه‌ای باشم که در التهاب گلگون شدن چشم به راه ابرهای نازک هستند... *از پله‌ها بالا می‌رم سمت چپ دیوار کنار کلاسش وایستاده راه برگشت ندارم راهی برای قدم‌هام نیست نمی‌خوام ببینمش ولی نمی‌تونم عقب عقب هم برم می‌فهمه زشته هر چند که شاید اصلن یادش نیاد من کَیم دست راستم هم که فضای بازه دو طبقه ست اگه پرنده بودم می‌پریدم باید برم جلو ای وای منو دید داره لبخند می‌زنه حالتش با دفعه‌ی اول که کنار کتابخونه دیدمش فرق داره نمی‌خوام ولی مجبورم جواب سلامش رو بدم ای وای کلاسم دیر شد نیم ساعت گذشت سلام طولانی‌ای بود نمی‌خوام برم ولی مجبورم*... دیگر نمی‌خواهم دوباره اعتماد کنم و محدودیتِ بودن را تجربه کنم. دیگر نمی‌خواهم دوباره برای یک شروع تازه با افتادگی سر به زمین بگذارم و جبر زندگی را برتابم. نه! این دیگر من نیستم.

امروز، روز هفتم است. دیگر نمی‌خواهم با نور از تاریکی جدا شوم. دیگر نمی‌خواهم با خلقت آسمان آبی شوم. دیگر نمی‌خواهم با زمین خشک شوم و با درختان میوه بدهم. دیگر نمی‌خواهم با نور از تاریکی بگذرم و ستاره شوم. دیگر نمی‌خواهم با پرندگان پرواز کنم و با گل‌ها ببالم. دیگر نمی‌خواهم بازتاب تصویرش باشم. دیگر نمی‌خواهم با طبیعت به عطوفت برسم. نه! دیگر نمی‌خواهم ولی راه دیگری هست؟

~~~
~~~

اصلان، آن روز سکوت من و تو درنگ درامان بودن را داشت. برای پرکردن آن لحظه به ناز و نیاز هیچ واژه‌ای احتیاج نداشتیم. با هر ترمز ماشین، از خیالات خودت بیرون می‌آمدی، حرفی می‌زدی، و دوباره ساکت می‌شدی. تو هم داشتی از تونل خاطرات پراکنده‌ی دور و نزدیک می‌گذشتی؟ تو هم حس می‌کردی که من و تو تنها نیستیم؟

از نیم رخ نگاهم می‌کردی. دستت را به طرفم دراز کردی و گرمی دستت را حس کردم. با تو بودم و نبودم.

گفتم: «داره همراه ما می‌آد. مدتیه که همراه ما می‌آد. کنار من وایستاده. عجله داره. اونه که داره ما رو هدایت می‌کنه. سردمه و توانم رو دارم از دست می‌دم. اصلان، باید یه جا وایستیم... باید یه دسته گل بگیریم.»

با مهربانی نگاهت مجبور نبودی چیزی بگویی. دنبال خروجی بزرگراه می‌گشتی.

گفتی: «عجیبه! چرا خروجی رو پیدا نمی‌کنیم؟ برمی گردیم. باید خارج شیم، دوباره برمی‌گردیم. این دفعه حتمن پیداش می‌کنیم. مگه می‌شه ندونم ایرج کجاست؟» خروجی از چشم ما پنهان ماند. پیدا نکردیم.

گفتی:«در برگشت... و یا در یک سفر دیگه؟»

با ناامیدی قبول کردم. مسیر خودمان را به طرف شهرک دانشگاهی تو عوض کردیم. من را بردی به جایی که از پیشِ پیش بودی.

تو را هیچوقت تا این حد فراغ بال ندیده بودم. چقدر همه جا شلوغ بود. دستم شتابان بدنبال تو کشیده می‌شد. داشتی غربت تمام خاطرات کوچه و پس کوچه‌های برکلی را فرو می‌بردی. دستم را محکمتر گرفتی و شروع کردی به سوت زدن. تا به حال ندیده بودم که سوت بزنی!

آخرین بار کی بود که از گشادگی و فراخنایی ساحت این دانشگاه رد شده بودی؟ وقتی زنده یاد استاد... در گذشت، روی کدام پله بود که نشستی و گریه

کردی؟ نه، کجا بود که ضجه زدی؟ کنار کدام دیوار بود که با ایرج عکس گرفتی؟ روی کدام میز بود که قهوه‌ی تازه دم کرده‌ات را می‌خوردی و بودن را به کلام تبدیل می‌کردی؟

انگشت سبابه‌ات از ساختمانی به ساختمانی دیگر تلو تلو می‌خورد. تو هیجان زده و بدون مکث کردن حرف می‌زدی: «اینجا کلاس نقاشی من بود... اینجا بود که می‌ذاشتم رنگ‌ها روی کاغذ یا بوم با نور بازی کنن... اینجا بود که می‌ذاشتم بوم، رنگ‌ها رو حس کنه. آها! اینجا کتابخونه ست. چه شب‌هایی با اون همه کتاب تا دیر وقت اینجا می‌موندم. اینجا بود که بین اون همه کلام، از خودم در می‌اومدم و به یه دنیای دیگه‌ای سُر می‌خوردم. آها! اینجا گالری هنرهای زیباست. ای وای! چقدر اون موقع اینجا زندگی حس داشت... با چه غروری... با چه اعتمادی... فکر می‌کردیم که می‌تونیم دنیا رو عوض کنیم. ای وای! این اون تئاتریه که بهت می‌گفتم... اینجا یه بار توی یه نمایش بازی کردم... حیف که الان بسته ست وگرنه توشو بهت نشون می‌دادم. باید توشو حتمن ببینی. ای وای! اون فواره... کنار اون فواره بود که با ایرج عکس گرفتم. چقدر افتخار می‌کرد که من دکترامو گرفتم. مادر، عکس پسراشو کنار هم می‌خواست. ایرج اون موقع پیشم بود. اون موقع بود. خُب، بسه دیگه... حالا بیا ببرمت به اون قهوه خونه‌ای که همیشه می‌رفتم... الانه یک قهوه‌ی تلخ و یه تیکه شیرینی می‌چسبه.»

دستت را توی دستم بافتی و پیاده همراه آفتاب روشن تاب از سال‌های سایه زده گذشتیم.

چقدر با تو در آن روزی که بودیم، سفید بخت بودم!

دستم را محکم تر به دستت گره زدی و بدنبال خودت کشیدی. خیابان‌های باریک برکلی خیلی شلوغ بودند... *چرا این قدر تند می‌ره چقدر اون النگوهای هندی قشنگن من اون رو بالشی‌های قرمز هندی رو می‌خوام*... با شتاب از توی خیابان‌ها رد شدیم... *این همه رنگ چقدر شادن من اون شال فیروزه‌ای رو*

می‌خوام به انگشتری که مادرش به من داده می‌خوره خوش شانسی می‌آره... تو داشتی هر لحظه‌ی خاطرنشین آنجا را در خودت فرو می‌بردی... *ای وای انگار این دسته گل سفید رو فقط برای ما درست کردن ایرج همین گلدون رو می‌خواد* همینه *این گلدون مال ایرجه* همینه *کاش ایرج می‌تونست از اول شروع کنه...* دستت را محکم کشیدم و وارد گل فروشی شدیم.

برگشتم و نگاهت کردم. حواست به من نبود. بهت زده به مرد چشم سبزی نگاه می‌کردی.

گفتم: «اصلان، چی شد؟ چیه؟»

دستم را ول کردی و بطرفش رفتی. به نزدیکی نیم نفسی روبرویش ایستادی و طناب نگاه تو در نگاهش گره خورد.

پرسیدی: «چند سال می‌گذره؟»

نگاهت کرد و قیچی باغبانی‌اش را روی میز گذاشت. پشتش را به تو کرد و چیزی را چند بار جابجا کرد. دوباره قیچی را به دست گرفت. دوباره روی میز گذاشت. برگشت و نگاهت کرد. شَست راستش از دیگر انگشتانش جدا شد و دستش چروک‌های زیر چشم‌هایش را پوشاند. سرش به طرف پایین خم شد. دوباره سرش را بلند کرد و بدون کلامی به تو خیره شد. بغض تو ترکید.

گفتی: «چند سال؟ بیست سال؟ رفیق هم قدم بیست سال پیش من... آخرین دفعه‌ای که دیدمت، بیست سال پیش بود... ای وای! ای وای!»

تو را تنگ در آغوش کشید و با صدای لرزناکش گفت: «بیست سال؟ نه، فقط یک لحظه بود. یک لحظه‌ی چشم به هم زدن. همین.»

~~~

هر چهار تا پنجره را باز کرده بود. هوای خشک گرمی وارد می‌شد و حلقه‌های دود سیگارش شتابان گریز می‌زدند. در آن قسمت شاهراه رفت و آمد ماشین‌ها
~~~

کند شده بود. اصلان رادیو را روشن کرده بود و به طنین صدای زنی که آواز می‌خواند، گوش می‌داد... *از خودم در حیرتم که چقدر صبورم هر چی می‌کنم در دامچاله‌ی ترلان نیافتم می‌افتم کی این کارو می‌کرد کی می‌تونست مثل من همیشه مراعاتِ وجودِ عاطفی و پیچیدگی روانی وَ روحی گذشته وَ حالِ اونو بکنه چقدر می‌پام تا شاید پایانی به این بازی‌ها بده هیچوقت فکر نمی‌کردم که تا این حد توانایی داشته باشم برای باز نِگه داشتنِ دانسته‌ها وَ پَرده دری نکردن خوب نتیجه‌اش چیه هیچی جز تو ریختن وَ رَنجوری عمیق و ناخوشی قلبم وَ لرزشِ دست هامو و...*

اصلان رادیو را خاموش کرد. به صدایی که از ماشین می‌آمد، گوش داد. صدای تق تق چیزی می‌آمد... *ای وای چرخ ماشینه حتمن شل شده یا یه چیز دیگه است فقط می‌دونم که خرج این یکی رو هر چی که هست ندارم دیگه ندارم مادر همیشه می‌گفت گرسنگی نکشیدی که عاشقی از سرت بپره گرسنگی می‌کشم ولی ترلان از سرم نمی‌پره بدبختی از این بیشتر می‌شه عاشقی که هیچ بلاهایی که سرم می‌آره دردش از گرسنگی بدتره توی دانشگاه هم جلوی زبونم رو نتونستم بگیرم اگه استعفای تحمیلی‌ام رو جلوشون نذاشته بودن الان نگران چرخ ماشینم هم نبودم...*

بعد از نیم ساعت، رفت و آمد ماشین‌ها سریع ترشد. اصلان به فرودگاه رسیده بود که عرق ازصورتش جاری شد. سرعتش را بیشتر کرد و رادیو را دوباره روشن کرد. این بار صدای بلند آهنگ بود که از پنجره‌های باز گریز می‌زد... *ترلان باید به فرودگاه برسه شلوغه خوب می‌رسیم هر طور شده می‌رسیم چی داره می‌گه حرفش چه تلخه می‌گه بیا از اول شروع کنیم چطور می‌تونم درحالیکه می‌دونم بازهم در همون حال بازی‌های عکس العملی یا نیازمندانه‌ی خودش رو با من و دیگران ادامه می‌ده...* نزدیک خروجی فرودگاه، رفت و آمد ماشین‌ها متوقف شده بود که اصلان سنگینی نگاهی را حس کرد. در سمت راستش دختر

جوانی به او خیره شده بود. دختر چیزی می‌گفت که شنیده نمی‌شد. اصلان گفت: «نه جانم. نه! حتا با اون بنز آخرین مُدِلِت هم می‌گم نه!» اصلان خط خودش را عوض کرد و رد شد... *خوب رسیدیم دلم خالی شده چقدر ترلان مذبوحانه سعی می‌کنه قول بده حداقل به سهمی از صداقتی ولی خوب نمی‌تونه انجام بده چقدر چشم پوشی وَ تحمل می‌شه کرد...*

دختر خط عبوری خودش را هم عوض کرده بود و به موازات اصلان رانندگی می‌کرد باز چیزی می‌گفت که شنیده نمی‌شد... *چقدر راحت می‌شه نه من برای فروش نیستم ترلان با اون شیطنتی که توی چشماشه حالت خاصی داره حالتی از مهر مثل اینکه بخواد منو شستشوی مغزی بده می‌گه جُز من کسی براش نبوده وَ نخواهد بود از نظرِ عاطفی بله وَلی می‌دونم به عینه بازی‌هاش داره ادامه می‌ده مثل این دختره که داره همرام می‌آدَ تا اون جایی که من از حس ناخودآگاهم می‌گیرم تا همین اواخر نمی‌دونم دیگه نمی‌خوام بدونم خود این تصویرا حتا با رگه‌هایی از دریافت که هنوز از من ناخواسته می‌آد و می‌گذره ای وای ترلان چه قدرتی داره همیشه مقاومت می‌کنه همیشه انکار می‌کنه چه قدرتی داره این قدرت از کجا می‌آد...*

~~~

ترلان برای آخرین بار نوشته بود که نوشته باشد:

ایرج، از سفیدی دروازه‌ی آهنی بزرگی رد می‌شویم و به راهی که نماد یک درخت را دارد می‌رسیم. از دو صندلی مرمر سفید و دو گلدان سنگی خاکستری با برگ‌های همیشه سبز در کنارشان، می‌گذریم. از جلوی آرامگاه چند ضلعی‌ای که دیوارهای مرمری سفیدی دارد، می‌گذریم و به آرامگاه صوفیان می‌رسیم. شرمگین از نگاه ما، آوای فغان دو درخت گیلاس سفید پوش جلوی مزار به نالش در می‌آیند. روی سنگ مرمر سیاهِ زانو می‌زنم. درختان باردار و بارور
~~~

همسایه‌ی تو نیم خیز می‌شوند، شاخه‌ها بر زانو می‌نشینند، و آفتاب عالم تاب پیشانی بر خاک می‌ساید. هر چه نزدیک‌تر می‌شویم، نفس هوا سردتر می‌شود و من سنگینی حضور تو را بیشتر حس می‌کنم. جز من و اصلان کسی نیست. فقط صدای غمزه بازی باد و شاخه‌های درختان از دور به گوش می‌رسد و چرخ و فلکِ فرفره‌ی آبفشانی که با کرشمه چمنِ تازه‌ی چیده شده را می‌افشاند.

ایرج، آخرین بار کی بود که اصلان را حس کردی؟ چند سال پیش بود؟ وقتی که مادرت تاب و توانش را از دست می‌داد، به کدام درخت تکیه داده بود؟ سایه‌ی کدام درخت بود که گریه‌ی مادرت را فرو خورد؟ از کجا اصلان را صدا می‌کردی که او نشنید؟

ایرج، لحظه‌ی نبودن تو چطور شروع شد؟ در خانه‌ی غربت، بازپسین لحظه‌ی تو چطورآغاز شد؟ حس هول و هراس بود یا حس آزادی؟

در توده‌ی سوگواران، زیر درختان خم شده، یار یگانه‌ی تو نبود. او را در آن لحظه حس کردی؟ در لحظه‌ی رفتن، هراس هرگز ندیدنش را حس کردی؟

با جامه‌ی سربسر سفیدم خم می‌شوم، کنارت زانو می‌زنم، و نوشته ام را توی کندک مرمرت می‌گذارم.

می‌گویم: «مثل یه چراغ وجود منو روشن کردی ولی واقعیت حضورت در زندگی من خاموش موند.»

اصلان با لرزش شانه‌ها و پشت خمیده‌اش کنارم می‌نشیند و می‌گوید: «اگر شما همدیگر را دیده بودین، دوست‌های خوبی برای هم می‌شدین.»

و قتش رسیده بود. جام گلاب را باز کردیم و سرخی شراب به روی سنگ مرمر سرازیر شد و غبار خلوتی تو فروشسته شد.

~~~

ترلان پیشانیش را روی سنگ مرمر سیاه گذاشت و طنین گریه‌اش در باد پیچیده شد. برای آخرین بار دستی روی اسم ایرج کشید، بلند شد، و کاغذی را جا گذاشت.

نوشته بود:

منزوی و گوشه گیر، مرغ حق من تمام شب بی‌حرکت و ساکت روی شاخه‌ها می‌نشست و با صدایی غمناک، سکوت شب را می‌شکست. صدای اصلانِ من، صدای پرنده‌ای بود که برای دیگران آوای «حق» را می‌خواند ولی من صدای دیگری را می‌شنیدم.

با کاکلی به سَرم، پوپکی بودم که در ظاهر نابخرد به نظر می‌رسید. پرنده‌ای بودم که می‌توانستم به دنبال خودم او را به بی‌چگونگی بودن بکشانم. می‌توانستم، اگر از من نمی‌ترسید. ولی می‌ترسید.

من آیینه‌ای بودم که اصلان خودش را در آن دید و وحشت کرد. باور نکرد. در آینه، آزاده گی و عریانی بازتابی نداشت. آینه، بازتابگر سایه‌ی تصورات آشفته‌ای بود که باید پنهان می‌ماند. با دیدن لکه‌ی درونی خودش، واکنش او پاسخ عاطفی شدید او نسبت به من بود و پرتاب کردن تصویرها و ضعف‌های درونی خودش بر من. در اینجا بود که معنویت مطلق اصلان در مقابل منی که خیالی نبودم، محدود شد. در اینجا بود که من اثیری به لکاته تبدیل شدم. اینجا بود که برایِ تنازع بقا در خودش تنید و فرسوده شد. اینجا بود که من آینه‌ی نابهنجار نمایی شدم که باید شکسته می‌شد.

ایرج، کلام نگاه تو این بود؟ هر چه بود و نبود، در این چند سالی که با او بودم، شاهد پاره شدن واقعیت از حقیقت بودم. با او خیلی چیزها را تجربه کردم. غذا خوردن از یک بشقاب را از او یاد گرفتم. با او زندگی را بیشتر حس کردم. در گم شدگی در او، به خودم پیوسته شدم. با اصلان از دیدن خاطرات به جا مانده‌ی دیگران نترسیدم. با او یاد گرفتم با پرنده‌ها و گل‌ها حرف بزنم و برایشان

قصه بگویم. او به من پرواز کردن را یاد داد. او مرشد من بود. اصلان به من، خود من را داد. با او هر لحظه را دزدیدم و حس کردم و بودم. با او از زمان و مکان پاره شدم. با او یادم آمد که هستم. با او پایم را محکم تر روی زمین خاکی گذاشتم. با او من تولید شدم. اگر عمر دیگری داشته باشم، این بازی عاطفی را دوباره تکرار خواهم کرد.

ایرج، تو با رنگ بنفش آمدی. هاله‌ی بنفشی بودی که دنیایی از روشنایی را پاسیدی. تابش نوری بودی که نمادی از تعادل، سحر، راز، و خیال انگیزی بود. وقتی که صدایی در گذر زمان بودی، به دنبال تبلور معنویت بودی. وقتی که اندیشه‌ای در گذر زمان شدی، قدم به قدم همراه من بودی و من را با تخیل رنگ‌های قرمز و آبی انبازیدی. و من، تو را ادامه دادم. با هاله‌ی بنفش تو، تخیل من به کمال رسید و «خودِ» رها شده به روشنی نور طلویید.

~~~
~~~

«رَهایندن»

اصلان، با بی‌تابی و بهم ریختگی روحی، صبح سحر دور خودم می‌چرخیدم. دیروز، تمام روز تا دیر وقت در انتظار صدای پای تو، چرخیدن دستگیره‌ی در، و درآیش سایه‌ی تو در چارچوب در بودم. با اینکه می‌دانستم تلفن‌های تو را نادیده گرفته بودم و به احتمال یقین تلفنت خاموش خواهد بود، به تو زنگ زدم. گوشی را برداشتی و با گریه گفتم:

«امین منو با خودش برمی گردونه خونه. دارم می‌آم پهلوت. داری لباس می‌شوری. سَمن بوی ملافه‌ها تو اتاقت پیچیده. همه چیز تمیز به نظر می‌رسه. بهت می‌گم اومدم که بریم بیرون. می‌خوای صبر کنم تا لباس‌ها و ملافه‌ها خشک بشن. می‌آم از اتاقت بیرون. می‌بینم چسبیده به اتاقت یک بوتیک خیلی شیکی درش بازه. بیرون یک سگ کوچولو رو بستن. سبد لباس‌ها دستته و بدون هیچ عجله‌ای از یک اتاق به یک اتاق دیگه حملش می‌کنی. خیالت از یک چیزی راحته. قبل از وارد شدن به بوتیک سگ رو ناز می‌کنم. مدفوع خودش رو بطرف بالا و رو به من پرت می‌کنه و لباس من رنگ قهوه‌ای بخودش می‌گیره. می‌رم تو و از فروشنده می‌خوام کمکم کنه تا لک قهوه‌ای رنگ رو از روی لباسم پاک کنه. هر کاری می‌کنه تمیز نمی‌شه. از بوتیک می‌آم بیرون. کفش هام دیگه پام نیست. پا برهنه می‌آم بیرون و بعد پشیمون می‌شم که یک بلوز تازه نخریدم. از حس سبکی دستم می‌فهمم که کیفم هم دستم نیست. لباس‌های تو خشک شدن و تو داری لباس می‌پوشی. شلوار خاکستری مایل به قهوه‌ای خودت رو می‌پوشی و کت جیرت رو. ازم نمی‌پرسی چرا پا برهنه‌ام و کیفم همراه من نیست. رنگ قهوه‌ای لباسم پر رنگ‌تر می‌شه. حس سنگینی دارم. دستم رو می‌گیری و می‌ریم بطرف ماشین. امین منتظره. در ماشین رو باز می‌کنی و من سوار می‌شم. دامنم رو مرتب می‌کنم و بعد برات جا باز می‌کنم که بیایی بشینی. در ماشین بسته می‌شه.

امین ماشین رو روشن می‌کنه و آماده رفتن می‌شه. می‌گم که اصلان هنوز سوار نشده. امین به من نگاهی می‌کنه و می‌گه که اصلان قرار نیست با ما بیاد. از شیشه عقب ماشین نگات می‌کنم. داری خیره نگام می‌کنی. یه سکوت عجیبی توی نگاهته. تو می‌دونی. از همخوانی نگاه تو و امین وحشت می‌کنم. سعی می‌کنم که در ماشین رو باز کنم. در قفله. ماشین به راه می‌افته. فریادم بلند می‌شه. امین مجبور می‌شه قفل در رو باز کنه. سرعت ماشین رو بیشتر می‌کنه. در رو باز می‌کنم. به بیرون پرت می‌شم. نگام از سایه‌ی دور شده‌ی تو جدا نمی‌شه. می‌بینمت. با شتاب مردم، اطراف تو در هم و بر هم می‌شه و من گم‌ات می‌کنم. پا برهنه دنبال جای پای تو می‌گردم. پنجره‌ی اتاقت باز می‌شه و سمن بوی ملافه هات در خیابون پراکنده می‌شه. بطرف اتاقت می‌آم. سرازیری پیاده رو خیابون، لحظه به لحظه پر شیب‌تر می‌شه. پاهام توان خودشون رو از دست می‌دن و می‌افتم. بلند می‌شم و دوباره می‌افتم. چهاردست و پا و سینه خیز بطرف اتاقت می‌خزم. بعد از هر تماس دست من با خراشیدگی پستی بلندی‌های خیابون، نقش دستم رنگی، به سرخی انار به جا می‌ذاره. پیشونیمو می‌ذارم روی زمین زبر و ساینده. با سوزش خراشیدگی دست هام، فریادم بلند می‌شه و گریه‌ام می‌گیره. پله‌های خونه دور بنظر می‌آن. صدات می‌کنم، داد می‌زنم تا شاید بشنوی ولی...»

اینجا بود که بغضم ترکید و دوباره گفتم: «امروز صبح من با این کابوس از خواب بیدار شدم. بالشم خیس بود و جای گودی سر تو رو بالشتکت خالی بود.»

گفتی: «کابوس تو به همین روشنی‌ای بود که تو شرح دادی؟ همه جزییات یادت موند؟»

گفتم: «نگاه تو با اون حالت آرامش و متانت... تو می‌دونستی. درست حالت مادری رو داشتی که می‌دونست... می‌دونست که می‌خواد بچه‌اش رو یک جایی جا بذاره.»

گفتی: «نه، جانم من این کار رو نمی‌کنم. من تو رو هیچوقت وا نمی‌ذارم. خوب، حالا بگذریم. خوب، خانومی فکر می‌کنی معنی پنهانی خوابت چیه؟»

گفتم: «اگر به تجربه و توان خودم تکیه کنم، من و تو از هم جدا می‌شیم. توی خواب تو نمی‌خوای من به تو برسم.»

گفتی: «خوب، اون بوتیک و سگ و کفش... چی؟»

گفتم: «نمی‌دونم. تنها چیزی که می‌دونم اینه که پا برهنه بودم. کفش هامو یک جایی جا گذاشته بودم. می‌گن وقتی کفشت رو گم کنی، یکی رو از دست می‌دی. از دست‌های من هم خون می‌اومد. تمام خیابان خونی شده بود...»

گفتی: «ترلان، بس کن! از دست تو نمی‌دونم چکار کنم.»

گفتم: «ولی اگر به تجربه و توان خودم تکیه نکنم، خواب حقیقت پیدا کردن آرزوست!»

گفتی: «داری چی می‌گی؟»

گفتم: «دارم می‌گم که توی خواب من به تو نمی‌رسم نه برای اینکه تو نمی‌خوای، من به تو نمی‌رسم چون خودم نمی‌خوام. این اولین باره که این فکر به ذهنم خطور کرده. با تمام تلاش من برای بودن من و تو، بطور ناخودآگاه همیشه راهی پیدا می‌کنم که تو نباشی. چرا این کار رو می‌کنم؟ به طور خودآگاه، همیشه حس خواستن و بودن با تو رو دارم ولی بطور ناخودآگاه می‌دونم که نباید به تو برسم. انگار همیشه می‌خوام جا بمونم! چرا؟»

جوابم را نمی‌دهی و به سکوت حیران زده‌ای فرو می‌روی. در این لحظه است که نه تو حرفی برای گفتن داری و نه من.

~~~

دل آکنده از غم و اندوه، نمی‌خواست بسته شود. لج می‌کرد. از هر دو طرف کشیدمش. لج کردم و گیره‌ها را به طرف هم لغزاندم. آخر سر دندانه‌های زیپ در

هم افتادند و قفل شدند. به نرمی چمدان را بلند کردم و به آرامی کنار در قرارش دادم. اصلان نگاه نمی‌کرد. مشغول نوشتن بود.

گفت: «نازنینه، باید بریم پیش بانو. زود برمی‌گردیم که تو بتونی قبل از اینکه تاریک بشه، بری. نمی‌خوام توی تاریکی رانندگی کنی.»

گفتم: «اصلان، یه چیزی رو فراموش نکردی؟»

گفتی: «چی رو؟ گل می‌خریم. یادم نرفته. فکر می‌کنی یادم می‌ره. مادرش تازه از بیمارستان مرخص شده، بدون گل چطور می‌تونیم بریم؟»

گفتم: «بازم یادت رفت؟ قرار بود که قبل از برگشتن من، یه جشن کوچولو بگیریم، برای کتابت. قرار بود برای قهوه و شیرینی بریم یه جایی تا دفعه بعد که من می‌آم. بعدن می‌ریم شام.»

گفتی: «قول دادم و سر قولمم هستم. یه ساعت می‌مونیم و بعد دو تایی می‌ریم یه جشن کوچولو می‌گیریم و بعد خانومی باید راهی جاده بشه.»

از ترک خوردگی راه ورودی خانه‌ی بانو رد شدیم. در باغچه‌ی کوچک جلوی منزلش، پیچک گل‌های زرد و بنفش نادیده گرفته شده زیر سنگینی قدم‌های ما خمیدند. از پشت صدای قدم‌های آرام تو به گوشم می‌رسید. می‌دانستم که پشت سر من هستی. از کنار شاخه‌ی شکسته‌ی درخت انجیر جلوی در گذشتیم. جلوی در سبز رنگ قوسی شکل خانه ایستادیم... *جلوی همین در بود همین جا بود که بانو رخت و اثاث جفتش رو تکه تکه پرت کرده بود گریه می‌کرد دیگه چیزی براش نمونده بود نه احترام نه اعتماد نه هیچی چیزی براش نمونده بود کِی بود کِی فهمید که روی میخ پا گذاشته چقدر طول کشید تا بتونه دور همه چیز رو خط بکشه و خاطرات رو پاره پاره کنه بریزه دور و بعد گز کنه توی خودش آره همین در بود که باز شده بود اولین تکه رو با ناباوری ریخته بود بیرون دومی رو با خشم سومی رو با نفرت چهارمی رو با وحشت پنجمی رو با ناامیدی آره جلوی همین در بود که سردی اولین پله رو حس کرده بود وقتی که دیگه*

نتونسته بود رو پاهاش وایسته فقط به خاطر دست‌های کوچیک دخترش بود که کسی صدای هق هقشو نشنید الان هم هیچ کس نمی‌شنوه حتا خودش...

یک بار زنگ زدیم. با ژاکت قرمز بافتنی و شلوار سیاه گشادی در را باز کرد. با دیدن ما، دست‌هایش را بدور من حلقه کرد و نرم در آغوشم گرفت... می‌دونه خوب هم می‌دونه حس من چیه چقدر راحت می‌تونم توی بغلش گریه کنم نه نمی‌کنم اگه شروع کنم دیگه بند نمی‌آد نه نمی‌کنم خودش هم می‌دونه وقتی ازش جدا شد چقدر طول کشید تا آروم بگیره اصلن آروم گرفت یا نه وقتی منو محکم بغل می‌کنه داره منو به آغوش می‌کشه یا خودشو چرا شاخه‌های شکسته‌ی درخت انجیر رو جمع نمی‌کنه چرا ترک خوردگی راه ورودی خونشو درست نمی‌کنه...

وارد شدیم. کفش‌هایم را کنار دیوار آبی روشن راهرو در آوردم و جفت کنار هم گذاشتم. هنوز می‌دانستم که پشت سر من هستی. چند قدمی به طرف اتاق نشیمن برداشتم. با دیدن گل‌های ابریشمی فرش دستبافت، پنجره‌های تاق نما با پرده‌های توری دست دوخت مادرش، عکس سیاه وسفید عروسی پدر و مادرش روی رف، و رومیزی دستبافت قلاب دوزی آرام گرفتم. همه چیز بوی آشنای خانه می‌داد. با پیچیدن بوی برنج دم کرده و ماهی سرخ شده و گشنیز و نعنای تازه‌ی روی میز، بغضم ورم کرد. باید دو ساعت دیگر باز راهی جاده می‌شدم و برمی‌گشتم به غربت چهار دیواری خودم و باز باید از تو دور می‌شدم.

روبروی تو روی مبل نرم آبی رنگ روبروی شومینه که با تندیس سه اسب به هم پیوسته تزئین شده بود، نشستیم. بانو نزدیک به من روی تک صندلی کنار رایانه‌اش نشست و در خلوتی خودمان راجع کتاب تو و او حرف زدیم. از روبرو به بانو نگاه می‌کردم. در انتظار جواب دکتر و دل نگران مادرش بود. برای او هم باز بوی جدایی می‌آمد.

به صفحه‌ی نمایش رایانه‌اش نگاه کردم. تصویر اسبی بود که به طرف دریا می‌رفت. گفتم: «چه عکس قشنگیه!» خیره نگاهم کرد و گفت: «همین جوری باید رفت.» خواستم بگویم که می‌دانم. نگفتم... سر کار یکی *از همکارام هم همینو می‌گفت دو یا سه ماه پیش بود با یه لبخند تلخی اومد پیشم گفت حالم خرابه امیرو یادته شاگرد ما بود همیشه می‌خندید بهترین نمره رو گرفت کار خوبی بهش دادن دو روز پیش خودشو کُشت این چندمیه شاهد چند تا از اینا بودیم حالم از این جا بهم می‌خوره حالم از خودمم بهم می‌خوره دیگه به آخر خط رسیدم نسیم عشق من بود همین جوری گذاشت و رفت چطور می‌تونم چطور دو سال با من بازی کرد خوب رفت مادر من هم رفته بود خیلی وقت پیش هنوز یاد نگرفته بودم اسممو بنویسم که رفت خاطره‌ای ازش ندارم فقط نخواست که بمونه هیچ زنی توی زندگی من نمی‌مونه دو روز پیش مست کردم رفتم کنار دریا رفتم توی آب هیچی حس نمی‌کردم از شانس بدم همسایه‌ی من منو دید اگه می‌ذاشت برم پشت موج‌ها اگه می‌ذاشت خوب نذاشت نشد...*

با صدای زنگ تلفن، بانو بلند شد و به اتاق دیگری رفت. با هشدار عقربه‌های ساعت که مثل گرد باد بدور دقیقه‌ها و ثانیه‌ها می‌چرخیدند از جای خودم بلند شدم و گفتم: «اصلان، باید بریم. پنج ساعت رانندگی دارم. قبل از اینکه دیر بشه باید برم. ما قرار بود فقط یک ساعت اینجا بمونیم. یادته؟»

گفتی: «آخه هنوز غذا نخوردیم... بانو ناراحت می‌شه.»

گفتم: «ما فقط برای یه چایی اومده بودیم. الان دو ساعته که اینجاییم.»

گفتی: «خوب، ببینیم چی می‌شه.»

در این لحظه بود که لج‌کردم و گفتم: «اگر خواستی تو می‌تونی بمونی. من می‌رم.»

گفتی: «آها! اگه من بمونم، تو دیگه مجبور نیستی منو برگردونی خونه.»

گفتم: «تو بمون و بعد از غذا می‌تونی بری. اون موقع دلت کمتر تنگ می‌شه. تصمیم خودته.»

گفتی: «آره، شاید این طوری بهتر باشه.»

کاش در این لحظه فکر دل تنگی من را هم کرده بودی. کاش یادت می‌آمد که من باید از خم و پیچ چند تا کوه بالا بروم، از کنار شوری اقیانوس بگذرم، و از قسمت طلسم شده‌ی سیاه چاله‌ی جاده رد شوم تا به صدای سگ ماهی‌ها برسم.

موقع خداحافظی با بانو، کفش‌های جفت شده‌ی من از گریه کبود شدند. با تو آمده بودند و بی‌تو برمی‌گشتند. با شتاب در را باز کردم و بدون خداحافظی از تو بیرون آمدم. این بار پیچک گل‌های زرد و بنفش فقط زیر سنگینی قدم‌های من خمیدند. از پشت صدای قدم‌های تو دیگر به گوشم نمی‌رسید. می‌دانستم که پشت سر من نیستی.

~~~

صدای باز و بسته شدن چیزی می‌آمد. اصلان نگاه نمی‌کرد. می‌دانست... *الانه که لج کنه و بونه بگیره چند دفعه باید اون چمدون بیچاره رو باز کنه و ببنده زیپ بیچاره چین برداشته خوب بسته نمی‌شه اگه یه چیزی بگم سرمو می‌خوره دنده‌های منو هم در هم می‌بافه و قفل می‌کنه*... گوش می‌داد ولی نگاه نمی‌کرد. مشغول نوشتن شد.

اصلان نوشته بود:

ترلان، هربار که بعد از ظهر یا عصری از یکشنبه‌ها که از نزدِ من به شمال باز می‌گشتی، همواره تنش وَ کِشمکشی عاطفی راه می‌انداختی وَ این همه، بزعمِ من، بهانه‌ای می‌بود وُ می‌شد که سرِ راه به بیراهه بِروی؛ وَعملِ خود را، در نزدِ خود، به هر سهمی، توجیه کنی.
~~~

برایم غیر قابلِ درک بوده که چندین بار از دور وُ نزدیک، شاهدِ بی‌تابی، دل شکستگی، وَ چند بار حالتِ عصبیِ شدیدِ من در قبالِ دست پیش دادن تا پس نیافتادنت بوده باشی وَ باز به بازی‌ها ادامه دادی؟ اغلب به خود می‌گفتم که دستِ خودش نیست! بنوعی ناخوش است! و آنهمه سعی و تلاش از سویِ من از برایِ تحلیل و بازگشایی حالت‌ها و رفتارها، در طی ماه‌ها... گاه، همراهِ با تأیید ضمنی و درکی از سویِ تو، امیدی به من می‌داد... وَلی هیهات که باز بازی‌ها ادامه داشت! همواره به خود می‌گفتم: آخر تا کی؟!

بدبختی آنجا بود که تکرار می‌شد! چند بارش را من می‌دانم؟ و این هم به غیر از نشانه‌هایی بوده که همیشه از خودت سر زده بود وَ دیگر دریافت‌هایِ درونی من، که به آن‌ها آشنایی. باشد که با درنظر گرفتنِ یک سویه‌یِ نیازهایِ روانی خودت آن همه «بازی‌ها» با اغماض قابلِ توجیه باشد! اما، نه تا حدهایِ رَنجوری‌هایِ جُبران ناپذیر، لطمه دیدن روحی و جسمی وَ داغان شدنِ من؟!

احساس می‌کنم مدتهاست آب از سرم گذشته است. حالا، من مانده‌ام وَ یک قلبِ ناخوش وَ درسی دادن از برایِ یک زندگی ساده وَ نوشتن که نجاتم بدهد.

حقیقت این است که ما لحظه‌ها و زمان‌هایِ بیاد ماندنی‌ای داشته‌ایم... همه‌ی رفتن‌هایمان به شهرک ساحلی که بیشتر با گرمی و صمیمیتی ساده همراه بوده است ولی چیزی که بیش بیادم می‌آید وَ هنوز قلبم را قلقلک می‌دهد، شوخی‌ها و خنده‌هایِ خود انگیخته وُ بی‌شاییبه‌مان بوده است که دلم برایِ آن‌ها تنگ می‌شود. خاطرات از کودکی همه عزیز است وَ همیشه برایم می‌مانند و یادگاری‌هایی که برایم گذاشته‌ای... که خب! یادگاری هستند برایِ همیشه...

به هر منوال، هردو از آزمایش‌هایِ یک رابطه‌یِ پیش آمده با تلاطم‌هایِ شدیدی گذشته‌ایم که طبعن اثرهایش برای باقی عمرمان در ما می‌ماند. چیز دیگری که در یادم می‌ماند، این گفته‌ات بود که گفته‌یِ من هم بوده است: «هرچیزی را در زندگی فرصتی وَ زمانی است که اگر بگذرد، گذشته است وَ برگشتنی نیست.»

تو از من و خودت فرصتی را که داشتیم، گرفتی. لحظه‌ها و زمان‌هایی را به شادخواری‌هایی کوتاه گذراندیم وَ اما بیش به در تلاطم... چون تاریخچه‌ی گُذرانی از عمر بر آن رفته است، با تمامیِ زخم‌ها، به جایِ بُریدن، طالبِ آن سَهمِ مِهر وُ همدلی وُ همراهی عاطفی وُ فکری بوده وَ ماندم...

~~~
~~~

«خَموشیدَن»

به دستک نرده‌های سفید پیچیده در گل‌های یاس تکیه دادم وبا طنین آرام قدم‌هایت در پشت سرم، از پله‌های آپارتمانت سرازیر شدم. دوباره لحظه‌ی خداحافظی بود. شاخه‌های جنون زده‌ی منطق من واژگون شدند و دختر خردسالی شدم که آماده‌ی بونه گرفتن بود. در این لحظه بود که دلم می‌خواست مثل اَشوزُشت، جغد افسانه‌ای باستانی، ناخن‌های پلید فراق را می‌شکستی و خرد می‌کردی تا افسون دیو جدایی شکسته شود و من هیچوقت بدون تو نمانم.

موقع رفتن شوری اشک من را بوسیدی و تنگ بغلم کردی. دلم نمی‌خواست بروم. لج کردم و بدون خداحافظی راهی جاده شدم.

وقتی به درختان تنومند یک دست جاده رسیدم، نگاه شرمنده‌ی ایرج با من بود. دستم را به طرفش بلند نکردم و از او پناه نخواستم. دویست و هفتاد و نه دهم میل از تو دور و دورتر شدم و به شهرک ساحلی رسیدم. تلفن خودم را خاموش کردم و نخواستم صدای تو را بشنوم. چهل و هشت ساعت دیگر هم از تو بریدم. بعد از دو روز جدایی از تو، حس دلتنگ عاطفه میانجیگری کرد و به پیام مستانه‌ی تو گوش کردم:

«آها! گوشی رو چرا بر نمی‌داری؟ شاید این آخرین... آخرین شانس رو... نمی‌دونم اسمشو چی بذارم... از دست خودمو و تو می‌گیری. فقط به خاطر یک حرف که گفته بودی... ولی به خدا نمی‌دونم چیه؟... تکه‌ای از وجود من هستی... اینم که زود تمام می‌شه ولی به هر حال... نه الان مست نیستم، مست اندر مستم. می‌خوام باشم... بذار ببینم می‌تونم زور بزنم و خلاصه‌اش کنم. اگر می‌گی عاشقی، باید عریان بشی، نه فقط عریان بشی، باید عریان در عریان بشی. از اون اول شروع می‌کنی، از سه سال و نیم پیش، می‌آی جلو، سیر تا پیاز... وگرنه فردا شب من به یکی که می‌دونم از نگاهش رفته... بهش بر می‌گردم

می‌گم می‌خوای با آتش بازی کنی... دو سه شرط جلوش می‌ذارم. می‌دونم رفوزه می‌شه ولی می‌ذارم جلوش... به خاطر نگاه هاش... اگر قبول شد که دیگه تمام شده... اگر امشب تو تونستی به من زنگ بزنی و بگی که می‌تونی نه فقط عریان بشی، عریان در عریان بشی... از سیر تا پیاز... می‌آم پیشت و ... خوب این خط و این نشون...»

در رویارویی ناسازه وار دو واقعیت، به حقیقت پیوند خورده‌ای نرسیدیم. برهان به گمان راه یافته‌ی واقعیت ملموس تو به قضاوت نشست و خط و نشانی برای من کشیده و حکم صادر شد.

پیراهن کثیف تو را که محکم توی یک نایلون پیچیده بودم، در می‌آورم. سمن بوی پیچک تو را به تن می‌کنم و با صدای مسحور کننده‌ی دعا دمیدنی که از دور به گوشم می‌رسد، پیراسته‌ی رفتن می‌شوم.

برای رویارویی با تو صورتم را از غیر تو می‌شویم. تنها و تنها به تو می‌نگرم. تنها و تنها به تو می‌اندیشم. تنها و تنها از تو یاری می‌طلبم.

«*عالم قبر آخرین منزل دنیا و اولین منزل آخرت است که هرگز از آن به سمت دنیا بازگشتی نیست.*»

دست راستم را می‌شویم و برای تو که در بودن من سهمی داشتی سپاس می‌گزارم.

«*... با آغاز مرگ و ورود به قبر، کار دینداری و تکالیف الهی به پایان می‌رسد، شک و تردید برطرف می‌شود و ایمان به حقایق آخرت کامل می‌شود اما این ایمان دیگر هیچ سودی نخواهد داشت.*»

دست چپم را می‌شویم و ناهمگونی عقل پلید را در ذهنم مرور می‌کنم و آن را باز می‌ایستانم و قبول نهی می‌کنم.

«*... ایمان زمانی ارزشمند است که ایمان به غیب باشد وقتی همه چیز آشکار شد و انسان بدون اختیار، تسلیم قدرت الهی شد، ایمان دیگر ارزشی ندارد.*»

در مَسح سرم، گناه و بی‌گناه را به یاد می‌آورم.

«... دیگر چیزی به اعمال صالح اضافه نمی‌شود؛ مگر آنکه خود، باقیات صالحات بجا گذاشته باشد یا اینکه بازماندگان چیزی برایش بفرستند.»

در مسح پایم، عشق را به پاکی یاد می‌کنم و آراسته می‌شوم برای آخرین دیدار.

«... گناهی نیز از گناهانش کم نمی‌شود؛ مگر آنکه اثر اعمال صالح خودش در دنیا هنوز باقی باشد و بتواند کفاره گناهی را تحمل کند یا آنکه کسی برایش استغفار و طلب بخشش نماید.»

در مستی اندر مستی و عریان در عریان کردن، با جامه‌ای سفید به تن، من را تا کمر در کلامت دفن می‌کنی.

«... بنابراین عالم قبر همواره با عذاب حسرت عجین است.»

تک شاهد من می‌شوی و با پرتاب واژه‌های سبزگونی پاره پاره تاویدن روان من را از بیخ و بن بر می‌کنی.

«... حسرت باور نکردن و ایمان نیاوردن.»

ترس منکر و نکیر از من دور می‌شود. تنها و تنها به تو می‌نگرم و با گلگونه‌ای سرخ، قطره قطره آراسته می‌شوم برای دیدار پیوند خورده‌ای.

«... حسرت فرصت‌های از دست رفته. حسرت اعمال به ریا آلوده شده و ....»

با اولین کلوخی که پرت می‌کنی، اشک دیده‌ها و شنیده‌های بغض کرده‌ی من فرو می‌ریزد. نگاه من با توست ولی تو نگاه نکن، به لاشه‌ی من. نگاه نکن. من رها می‌شوم. امروز شروع پرواز من در خیال است. امروز من بدون پایان آغاز می‌شوم و دیده‌ها و شنیده‌ها را با خودم خواهم برد، هر لحظه‌اش را خواهم برد.

اصلان، تو هم فراز و نشیب خاطرات را می‌بینی؟ تو هم برای فرصت‌های از دست رفته حسرت می‌خوری؟ اولین روز دیدار من و تو را به یاد داری؟

...زمان کند می‌گذره بعد از یکسال این اولین باره که رسمن با هم بیرون می‌ریم بی‌قرارم زود رسیدم نیست بهش زنگ می‌زنم داره می‌آد می‌رم کتاب

فروشی کتاب‌ها رو ورق می‌زنم منتظرم چقدر آدم می‌آد می‌ره سنگینی صدای قدم‌ها چینه بندی قفسه‌ها رو در هم و برهم می‌کنه بلند می‌شم از قفسه‌ی داستان‌های کوتاه کتابی بر می‌دارم بازش می‌کنم هزار تا بیست هزار تا واژه مثل حشره به طرف من هجوم می‌آرن هنوز نیومده از یک قفسه به یه قفسه‌ی دیگه می‌رم از چینه بندی کتاب‌ها رد می‌شم فلسفه تاریخ ادبیات نه هیچ کدوم رو نمی‌خوام حواسم نیست داره می‌آد...

آرام وارد می‌شوی. با دیدن تو است که واژه‌های پراشیده می‌درنگند و سپس با صدای تو است که می‌آرامند. تو جایی هستی که باید باشی. اینجاست که جریان سیال ذهنت قلم به دست می‌گیرد. اینجاست که بودنت معنی پیدا می‌کند. با دیدن تو، اندک آرامشی را که دارم، از دست می‌دهم و صدای تپش قلبم بلند وبلندتر می‌شود ... *کاش نشنوه صدای قلبمو نباید بشنوه نغمه خندیده بود وقتی بهش گفته بودم که روح زن همیشه باکره می‌مونه که روح یک زن بدون اینکه بدونه همیشه مثل روز اولش دست نخورده می‌مونه هر بار هم مثل دفعه‌ی اولش می‌شکنه همیشه مثل دفعه‌ی اولش تپش قلبش رو بلند و بلندتر می‌شنوی خندیده بود ولی از نگاهش بود که فهمیدم می‌دونه بهتر از من می‌دونه کاش تپش قلبم رو نشنوه نمی‌دونم چطوری اصلان رو صداش کنم بهش بگم تو یا شما دیروز که باهاش قرار گذاشتم بهش گفتم شما خوب اصلن صداش نمی‌کنم...*

از دور نگاهت می‌کنم. مثل پیچکی به هر جلد کتاب می‌پیچی و بالا می‌روی. از گنجینه‌ی کتاب‌ها گذر می‌کنیم. پرواز دستت روی قفسه‌ای به ترتیب چیده شده، فرود می‌آید. فرهنگنامه‌ای برای من برمی داری. دستت از روی واژه‌های ساده سُر می‌خورد و روی مصدرهای مرکب می‌درنگد.

می‌گویی: «باید بن نامه‌ی مصدرهای فارسی خودم رو بهت نشون بدم. سال‌ها روی اونا کار کردم تا به جای فعل‌های ترکیبیِ زشت و ناهنجار، کارواژه‌های زیبای فارسی رو زنده کنم. حتمن باید بهت نشون بدم.»

نمی‌دانم که چه می‌گویی ولی می‌گویم: «حتمن.»

کتاب را بر می‌دارم... *خاطره‌ی این لحظه جای انگشت‌هاش می‌مونه روی این کتاب می‌مونه از لای انگشت‌های همین کتاب حس خودمو در می‌آرم به کلام تبدیل می‌کنم تا بمونه*... در رستوران روبروی کتاب فروشی، روبروی من می‌نشینی و از زمین و زمان برای من حرف می‌زنی. پشت من به پنجره است. با بازی نور آفتاب روی چهره ات، مهربان تر بنظر می‌رسی... *رفتار گرمی داره با اصلانی که درس می‌ده یک دنیا فرق داره بد اخلاقی استاد بودنش رو نداره چرا هیچوقت نفهمیده بودم که افکار چپی داره خوب نمی‌دونستم اون روز هم نمی‌دونستم قبل از کلاس ازش می‌پرسم این کتاب رو می‌شناسی گر می‌گیره می‌گه خانم این کار منه من دست به قلمم چطور می‌شه نشناسم خوب من از کجا بدونم*... ساعت چهار کنار ماشین می‌ایستیم. باید با تو خداحافظی کنم... *دلم می‌خواد ناخن هامو بجَوم کاش الان از هم جدا نشیم نه دلم نمی‌خواد برم*...

می‌گویی: «چطوره بریم شیرینی بخریم... بعد بریم قهوه درست کنیم... شاید یه کتاب برات خوندم.»

اصلان، الان فراز و نشیب خاطرات را می‌بینی؟ با پرتاب هر کلوخه‌ای که پاره پاره‌ام می‌کنی، به آن روز فکر می‌کنی؟

از پله‌های سفید کم رنگ آغشته به پیچک‌های یاس، بالا می‌رویم. دَم در، درختچه‌های نارنج توی گلدان، با افشادن عطر شیرینشان به ما خوشامد می‌گویند. پا در گِل، کنار درختچه‌ی کوچکی توی مهتابی می‌نشینم. با مهربانی به من نگاه می‌کنی، و انگار عُرفِ وارد نشدن من را درک می‌کنی. وارد اتاقت می‌شوی. بانگ شتابزده‌ی قوری برای خوش پذیرایی شنیده می‌شود. چشم انتظار دم کردن چای، استکان‌های کمر باریک با فروتنی آمیخته به کنجکاوی، برای دیدن من آهسته و آرام از لای در گردن می‌کشند. ولی بعد با طنین ملامت ناک تو، استکان‌ها به قوری در حال جوشیدن پناه می‌برند.

در انتظار تو، تبسم شیرین شکوفه‌های پرتقال، دَرَفشیدن رنگ پریده‌ی آفتاب از لابلای درخت کنار ایوانچه، و گلدان‌های رنگ برنگ کنار نرده‌های سفید، دست در دست هم از من پذیرایی می‌کنند.

استکان‌های کمر باریک آراسته شده با چایی پر رنگِ تازه دم، دست در دست تو دوباره وارد مهتابی می‌شوند. روبروی من می‌نشینی. حرفی در حرفی دیگر آمیخته می‌شود. ازپاریدن سال‌ها می‌چُنگیم و ازعطر شیرین پرتقال که یاد آور بوی خانه بود. تاک‌های انگور و سیب‌های ارومیه را به خاطر می‌آوریم و دریای خزر را که هرازگاهی بوی لجن سگ ماهی‌ها را می‌داد. از رفتن به شمال حرف می‌زنیم و از داشتن یک باغ پر از گل و میوه و زندگی در یک خانه‌ی قدیمی با شیشه‌های عتیق رنگی. با حسرت از سایه‌بان گذشته می‌گذریم. درآویخته در لحظه‌ای که هستیم، ورقه‌های تخیل آینده را هم ورق می‌زنیم.

روشنی روز تاب و توانش را از دست می‌دهد و به تاریکی شب پناه می‌برد. سرمای بیرونی می‌سُرفد و چین و شکنی به خود می‌گیرد. شب چراغ ماه بانو روشن می‌شود.

وارد اتاقت می‌شوم. به گنجینه‌های کتاب‌هایت که با اراده‌ی خردمندانه‌ای دیوارها را پنهان کرده‌اند، سلامی می‌کنم. از نظم و ترتیب چینه بندی قفسه‌ها، کفش‌هایم شرمنده می‌شوند و در گوشه‌ای می‌نشینند. سنگینی نگاه کتاب‌ها را روی خودم احساس می‌کنم. خلوتی اتاق پراشیده می‌شود. غبار شک آلودی از پشت گنجینه‌ی خراشیده‌ای سَرَک می‌کشد، نگاهش در نگاهم لنگر می‌اندازد و سپس می‌گذرد. خلوتی اتاق نیمه تبسمی می‌زند و تنهایی تَرَکی بر می‌دارد.

به دعوت مبل نرم قرمزت، کنارت می‌نشینم. واژه‌ها، کتاب‌ها، مقاله‌ها، و داستان‌ها پراکنده کنار ما می‌نشینند و شب چراغ ماه بانو، از پشت پنجره نوازش نگاهش را به طرف ما می‌تاباند. کتابی را برای خواندن می‌آوری و شروع می‌کنی

به خواندن. با چسباندن شانه‌ات به من، تمرکز من چین و شکنی بر می‌دارد و آرامش خودش را از دست می‌دهد.

هرازگاهی دست از خواندن بر می‌داری و از من می‌پرسی: «تا اینجا که حواست هست؟» می‌گویم: «هست.» نیست. ساعت ده و نیم است. می‌گویم: «خوب، آخر داستان بمونه برا یه موقع دیگه. من باید برم.»

در این لحظه است که برای اولین بار دست تو، دست من را چَفت می‌کند. می‌خواهم نکنم. می‌کنم. انگشت‌های من خودشان را در انگشت‌های تو می‌بافند و در سکوت به باقی مانده‌ی داستان گوش می‌کنم.

با طنین نرم نرمکِ صدای تو، ستاره‌ی درخشان دُم قو چشم‌هایش را بر هم می‌گذارد و به خواب می‌رود. عینک تو از خواندن خسته می‌شود و کتابِ از پا افتاده، روی میز رها می‌شود. در سکوت شب، انگشت‌های بافته شده‌ی من و تو از هم جدا می‌شوند. با پیچک طره‌ی موهای من در دست تو، حس من و تو در خود پیچیده می‌شوند و ماه بانو از پشت پنجره خودش را کنار می‌کشد.

~~~
~~~

«پیراگندَن»

در اتاق گرمت، کتاب بدست روی مبلی که به سرخی خاطره‌ی دور رفته‌ی روزهای به بیاد ماندنیه، نشستی. در اتاقت توازن کتابخانه‌ها است و سنگ سال خورده‌ی روی میز با شمع‌های روشن نشده‌ی پاک دامن. صندلی چرمی سرگردان وسط اتاق و کوه میزی از کتاب که نمادی از وجود یگانه‌ی توهستند با مهربانی در آغوشت گرفته اند. «*هستی غریب*»، «*ایمنی تنهایی*»، «*انزوای ناملموس*»، «*مستی شبانه*»، «*فصاحت بیان*»، «*اصالت سیرت*»، و «*آزادی اندیشه*» همه میهمان شبانه‌ی تو هستند. همه در اتاق گرمت رقصان به تو پیوسته می‌شوند و تو در مستی و در آزادی خود بودن می‌رقصی.

سایه‌ی زود رنج من، با ناباوری بودن وارد اتاق می‌شود. جامه دانَش روی زمین گذاشته می‌شود، کفش‌هایش کنده می‌شود، و در گوشه‌ی اتاق جایی پیدا می‌کند و می‌نشیند. در انتظار تو، حضور بی‌نماد من روی تک صندلی گوشه اتاق سنگینی می‌کند. فراموش شده در کنج اتاق، میهمان ناخواسته‌ی تو در آرزوی پیوند خورن، حرفی برای گفتن دارد.

صدایت می‌کنم و می‌گویم: «اصلان، دستمو بگیر و منو ببر به میهمانی بودن.»

برای لحظه‌ای می‌ایستی. صدا قطع می‌شود. اتاق از سرما رنگ می‌بازد، توازن کتابخانه‌ها بهم می‌خورد و سنگ سال خورده‌ی روی میز شکاف بر می‌دارد. شمع‌های سفیدپوش، دست خورده می‌شوند، صندلی چرمی در تعلیق، افسرده می‌شود، و کوه میز کتاب‌ها، خالی از تبحر می‌شوند.

بهت زده و با دو دلی در سکوت نگاهم می‌کنی. نگاه‌های رنجیده‌ی میهمان‌ها بطرف من سُر می‌خورند.

منزوی و جدا شده، «*ایمنی تنهایی*» قدمی بطرف من بر می‌دارد.

می‌گویم: «کنارم ایستاد، کنارش ایستادم. نگاهش کردم، نگاهم را ندید. کنارم ایستاد، صدایش کردم، صدایم را نشنید.»

خیسی نمکین صورتم را پاک می‌کند و می‌گوید:

«این را می‌دانی و می‌داند که در آن روزهای بارانی و آفتابی آنجا، زیباترین لحظات با کسی بودن را در زندگی با تو حس کرده است، با تو حتا ترشی‌ها هم شیرینی خود را داشته‌اند.»

با بیگانگی قدمش، «هستی غریب» بطرفم می‌آید.

می‌گویم: «کنارم ایستاد، از عاطفه حرف زد و از درد غربت. کنارم ایستاد، نگاهش کردم، و درد تنهایی را در نگاهش دیدم.»

خیسی نمکین صورتم را پاک می‌کند و می‌گوید:

«خاطره‌ی غذاهایی که با هم از یک بشقاب خورده‌اید... سنگ‌هایی که از کنار ساحل با هم جمع کرده‌اید... گل‌هایی که با هم گرفته و یا از جایی چیده‌اید... بخش‌هایی از کتاب‌هایی که با هم خوانده‌اید... فیلم‌هایی که با هم دیده‌اید... همیشه با او بوده است و خواهد بود.»

با قدم‌های مبهم و بالنده‌ای، *انزوای ناملموس* به همراه «فصاحت بیان» بطرف من می‌آیند.

می‌گویم: «کنارم ایستاد، نگاهش کردم، نگاهم درد نبودن را داشت. نگاهم را نخواند. کنارم ایستاد، پر هیاهو فریاد زد که بدون خویشتن با دیگری نمی‌شود زندگی کرد. در خاموشی فریاد زدم که بدون تو نمی‌شود زندگی کرد.»

خیسی نمکین صورتم را پاک می‌کنند و می‌گویند:

«موسیقی‌هایی که با هم گوش کرده‌اید... چُغلی‌هایی که با هم کرده‌اید... راه‌هایی که با هم رفته‌اید... همیشه با او بوده است و خواهد بود.»

از خود بی‌خود با تبسمی مستانه، *مستی شبانه* بطرف من می‌شِکُرفد.

می‌گویم: «کنارم ایستاد، در سکوت فریاد زدم که من را جا نگذار. درخاموشی با خود بودنش صدای من را نشنید. کنارم ایستاد، صدای ترک خوردن را نشنید. درد نبودن را در نگاهم ندید.»

خیسی نمکین صورتم را لمس می‌کند و می‌گوید:

«... و بسیار کارهایی دیگر که با هم کرده‌اید... و بعضی‌ها را نمی‌شود اینجا گفت... بغلی‌هایی که با هم داشته‌اید... همراه پوست و بوی تنت... همیشه با او بوده است و خواهد بود.»

«*آزادی اندیشه*» دست در دست «*اصالت سیرت*» قدم‌های خردمندانه‌ای بطرف جامه‌دان بسته ام بر می‌دارند.

می‌گویم: «یکی از آن روزها که ازاو دور بودم، روباهک خودش را به یاد آورد و نوشت: خانومی یگانه‌ی من، باران سرشار و پر سر وصدایی می‌بارد و طبیعت را به پیشوازِ یک شروع تازه حمام می‌کند. این همه مرا و تو را هم به یاد شمالِ ایران و بازارچه‌ها و مردم کوچه و خیابان‌ها می‌برد. نازنینه‌یِ بی‌بدیل، از پنجره‌ی اتاقت به درخت پُر از شکوفه‌هایِ سپید می‌نگرم. پریشب دَم دَمهای شامگاه که آسمان نیلی رنگ بود شکوفه‌ها چون برفک‌هایِ سپید می‌درخشیدند. نگاهت را به آن لحظه‌های رخشانِ رنگین دعوت کردم. چشمان خمار زیبایت خندید و گفت: دیده‌ام. هردو دیدیم و در خاطرمان ماند. حالا نسیمی گلبرگ‌ها را به آرامی می‌پراکند و تو ساعتی دیگر به خانه می‌آیی.»

خیسی نمکین صورتم را دیگر پاک نمی‌کنند و می‌گویند:

«... اما شاید همه چیز یک طرف و حالت چشم‌هایت و نگاهت که او را همیشه جذب خودش می‌کرد و می‌کند، دلش را برده بود و می‌برد... چنان که دوستت داشته و دارد. دور و نزدیک با او بوده‌ای و خواهی بود.»

با خیره گی نگاهت به طرف من می‌آیی.

می‌گویم: «اصلان، اومدم... اومدم خونه.»

در خاموشی، صدای من و تو بریده می‌شود. گل صورتی توی گلدان گِلی‌ای که از من جدا کردی، با خوشنودی لبخندی می‌زند. نگاه‌های حق بجانب میهمانانِ همیشه بتو پیوسته، ازمن روی برمی گردانند و میهمانی شبانه تو، در اتاق گرمت از سر گرفته می‌شود.

قرمزی پس خورده‌ی درون جامه‌دان، با دلتنگی چروکیده می‌شود. سنگ فیروزه‌ای انباز شده با دستم، وا مانده رنگ می‌بازد. صندلی گوشه‌ی اتاق خالی می‌شود، کفش‌ها پوشیده می‌شود، جامه‌دان از روی زمین برداشته می‌شود، دستگیره‌ی در چرخیده می‌شود، و باد فراق وزیده می‌شود. در تاریکی شب، کهن آوازه‌ی مکتوب شده‌ای شنیده می‌شود. جدا شده از نظم خطوط حامل، زمان، کشش، و سکوت نُت خاتمه رقص کنان و درفشان از پایین به بالا و از چپ به راست صدایم می‌کند و می‌گوید: «دستم را بگیر و بیا به میهمانی نبودن.»

بودن در باد گره می‌خورد، دستگیره‌ی در، ماتمگین به گِرد خویش درمی آید، و از در نیمه باز آوای پاره شده‌ی پراکنده‌ای به گوش می‌رسد...

~~~
~~~

The Last Words

a novel
by
Taraneh Djafroodi

Ibex Publishers,
Bethesda, Maryland